和风录

田中怪谈

乡野山间的妖怪故事

〔日〕田中贡太郎 著

张嘉芬 译

中国出版集团
中译出版社

目录

田中怪谈

一位祭司的故事

说时迟，那时快，一阵清爽的风吹来，原本戴在旅人头上的那顶斗笠翩翩飞起，飘落在湖畔。旅人急忙想往水边走去。勘作心头一惊，冲过去大声阻止旅人。

“喂！喂！别跑到水里去！水里有妖怪，会把你拉进去。”

有个渔夫名叫勘作。这天他去捕鱼一无所获，晚餐不能喝他最爱的酒，只喝了些大麦粥果腹后，就孤零零地坐在地炉前抽烟。

“鲤鱼那么多，为什么我偏偏就是抓不到呢？那个山脚下，绝不会连一两条鱼都没有。到底是怎么搞的？”

这个夜晚出奇的暖和，地炉里烧的火，照亮着小小的斗室。

“两条两尺[①]左右的鲤鱼……真想要两条两尺左右的鲤鱼啊……”

勘作接到村里大户人家下的订单，说只要抓得到两条两尺左右的鲤鱼，不管开价多少，都愿意照价收购。所以勘作从两三天前起，就一直想捕鲤鱼。结果别说是鲤鱼了，连普通的杂鱼都没捕到。

“既然用网子捞不到，明天就来钓钓看好了。在那个潭边钓钓看，说不定是个好方法。”

无酒一醉，让勘作觉得好像少了点什么。

---

① 一尺约为三十厘米。译者注。

“这里是勘作家吗？”

不知是谁来了。勘作以为是渔夫同行来找他聊天，结果往院子里一看，发现有个肤色白皙、个头矮小的男人站在那里。勘作对这张脸一点印象都没有。

“我记性不太好，请问你是哪位啊？”

“我最近才搬到这个村子来，你可能不认识我。”

“这样啊，那以后可要多多往来啊！来来来，进来坐吧！”

“那我就不客气了。”

矮个子男人说完，便进门走到地炉旁。

“你是哪里人啊？”

“我老家在东边。我从东边一路漂泊到这里落脚。这里还真是个好地方呀！还有鱼可捕，对吧？”

“本来是有，但最近鱼都不知道跑到哪里去了。”

“是吗？”

“而且这两三天，我连个鱼影子都没看见，所以今晚连我最爱的酒都不敢喝。”

“这样啊，那还真糟糕呀。”

“两三天前，有人要我抓两条两尺的鲤鱼。我在那么大的一片湖上到处撒网，结果别说是鲤鱼了，连杂鱼都没捞到。”

“没那回事。虽然我最近才刚搬来，不过区区两三条鲤鱼，只要让买家稍微等一等，我就会抓来给他。”

勘作听了对方这番随口胡诌的说辞，觉得可笑至极，大声地笑了出来。

“要是你觉得我在吹牛，我现在就去捕来让你瞧瞧吧？渔网在哪里？”

“渔网就晾在外面的柿子树上。你可别被狐狸逮住啊！我在这个湖边当了二十年的渔夫，鲤鱼可没那么好抓，不是叫客人稍等一等，就能马上交货的呀！”

“既然你觉得我在吹牛，那我这就去抓，你就在这里等着吧。”

矮个子男人突然跳进院子，往门外走去。勘作抽着他的烟，脸上泛着一丝冷笑。这时外面传来船橹的声响，勘作便打开面湖的拉门瞧瞧。朦胧月光洒落的水面上，浮着一艘刚离岸的小船，朝湖心驶去，甚至还看得到矮个子男人摇橹的模样。

“老子我都抓不到了，哪还轮得到那小子啊？”

勘作关上拉门，躺着吞云吐雾了一番。不到三十分钟，外面竟传来了脚步声——矮个子男人回来了，怀里还抱着勘作原本放在船上的空篓。

“怎么样啊？勘作兄，你要的鲤鱼我抓来了。”

勘作起身往篓子里一望，里面有四条两尺的大鲤鱼，还有好多条鲫鱼和溪哥，看得他瞠目结舌。

“把这些鲤鱼送到那个大户人家去，他们应该就会付钱。到时候再用那笔钱买点酒来喝吧！”

勘作让矮个子男人留在家中等待，自己则带着鲤鱼，去找那个向他下单的大户人家，卖了两条，再把剩下两条卖给了旅社，还用这笔钱买了酒带回家。

“你叫什么高姓大名啊？”

勘作边倒酒边问。矮个子男人笑了笑，说：“叫什么名字都无妨吧？既然我们成了朋友，以后我会三五不时来找你喝一杯的。”

“好好好，喝吧！”

矮个子男人喝到天亮才回去。勘作对这个男人的来历实在很好奇，隔天便向渔夫同行打探。可是问了好几个人，都没人知道。

自从那天晚上之后，矮个子男人就会不时上门拜访。只要勘作为捕不到鱼而烦恼，男人就会拿着勘作的渔网出去捕捞一会儿，而且总是能满载而归。

勘作就这样和矮个子男人持续往来了三年。勘作已不再对他的来历感到可疑，甚至早把这件事抛诸脑后。某天晚上，矮个子男人一如往常地来访，两人又开始喝起酒来。

“勘作兄，你觉得我是谁？”

听矮个子男人这么一说，勘作平静地说：“我什么都没多想。管你是鬼是神，都无所谓。”

“我不是人类。”

“我想八成是这么回事。”

“我是个住在水里的东西。”

“河童？”

“不是河童。不过呢，大概就是那样的东西。”

“是也无妨。”

“可是我活得绑手绑脚，我想变成人类。”

“怎么样才能变成人类？”

“我打算借用人类的躯壳。”

“什么时候动手？”

“明日午时，旁边那条路会有旅人走过。我打算把他的斗笠吹掉，趁他踏进水里来捡斗笠的时候，把他拉进水里，借用他的躯壳。”

“那这个人会怎么样？”

“他会死，但我会借用他的躯壳，所以外人不会知道他已经死了。”

“别谈这些无聊的事了，我们就照老样子，喝个痛快吧！”

勘作已不记得自己是什么时候睡着，也不知道水里来的男人何时离开。隔天一早，勘作虽然想起那个水里来的男人说过什么话，但大而化之的勘作，马上就把这些事抛诸脑后，出门捕鱼，直到午餐时才回来。吃过饭后，勘作补缀着挂在柿子树上的渔网。这时，有个旅人走过了屋旁那条路。勘作想起水里来的男人说要吹掉他的斗笠，便望向了那个旅人。说时迟，那时快，一阵清爽的风吹来，原本戴在旅人头上的那顶斗笠翩翩飞起，飘落在湖畔。旅人急忙想往水边走去。勘作心头一惊，冲过去大声阻止旅人。

“喂！喂！别跑到水里去！水里有妖怪，会把你拉进去。”

旅人停下了原本打算踩进水里的脚步。

“好险，好险。原来那里面住着妖怪啊。”

旅人把斗笠留在原处，走回路上向勘作道谢后，便匆匆离开了。

水里来的男人一看到勘作，便埋怨起他来。

“欸！勘作兄，天底下怎么会有像你这么无情的人啊？我和你无冤无仇，你为什么要这样破坏我的好事？”

这时勘作正在餐前小酌。

“怎么啦？怎么回事啊？”

“什么怎么回事？勘作兄，你可别装蒜啊！今天我把旅人的斗笠吹走，打算把旅人拉进水里，借躯壳变人的时候，你老兄突然跑来，说水里有妖怪，叫旅人不要踏进去。这些你都忘了吗？勘作兄，可别跟我说你不记得了喔！”

“喔，那件事啊。这就是你不对了。为了你自己想变成人而杀人，已是离经叛道之举。就算我们交情再好，这种行为一样要不得。还是你不觉得这件事离经叛道？”

“一个无罪无过的人要被杀，当然是有那么一点可怜。但这种小事，你就不能睁一只眼，闭一只眼吗？”

“那是你一厢情愿的想法。这种离经叛道的歹事就是要不得。哎呀，你也别再有这些无聊的念头，一如往常地陪我畅饮美酒吧！来，快进来吧！”

水里来的男人进到屋里，坐在地炉旁喝起了酒。

“变成人类又没什么大不了的，你就这样一直陪我喝美酒吧！”

勘作和水里来的男人又继续往来了三年。某天晚上，水里来的男人又对勘作说：“这次我是真的下定决心要变成人类。要是我变成人类，就能来住在你家了。”

“你要怎么变成人类？”

“有一对夫妇老是吵架，妻子现在已经离家出走，我打算拖她下水。”

“原来如此。那你打算在哪里动手？”

“明晚亥时，我会到这儿附近来。”

到了隔天晚上，勘作又开始挂心水里来的男人说过的那段话。亥时一到，他便走出家门，沿着湖畔的路散步。那是一个繁星点点的夏夜。这时前方突然有人踩着啪哒啪哒的脚步跑来。勘作就着星光，定睛一看：一个肌肤白皙的女人，顾不得衣不蔽体地奔跑着。勘作心想离家出走的妻子终于现身了，没想到这个女人突然停下脚步，目光望向水里。勘作悄悄地绕到女人身后，趁着女人正要跳下水之际，稳稳地抱住、拦下了她。女人拼命挥开勘作的手，一心想跳进水里。就在两人争执的当下，左邻右舍赶来了三四个人，其中还包括女人的丈夫。勘作把女人交给他们安顿之后，便回到家里。

“喂！勘作兄，你怎么可以这么可恶？为什么要阻挠我变成人类？”

勘作满脸笑意地走进屋里，说：

“你怎么又来了？情愿杀生也要变成人类？这种事你还是壮士断腕，干脆明快地放弃吧！”

“我就是无法放弃，所以才动手的呀！你为什么要来阻挠我？”

“你还在说这种话，那些被你夺去性命、借用躯壳的人，你要不要站在他们的立场想一想？这样你就会明白我为什么要阻挠你了。”

“你太可恶了，这样是在找我的麻烦。”

“哎呀，喝一杯吧。夜还这么长，我们就边喝边聊吧！”

两人又继续往来了三年。这年春天的某个晚上，勘作正在睡觉，水里来的男人来到他的枕边，说：“这些年多亏有你，我才没做出罪大恶极的坏事。我要升格为神，受人奉祀了。这座湖里以后会很难捕到鱼，你年纪也大了，继续捕鱼恐怕会很辛苦，我看就来我的神社里当祭司吧！沿着这个屋子前面那条路，一直往西走十天，就会看到一条大河。我的神社就在河边堤防上，地点很好找。”

隔天，水里来的男人这番话，让勘作动心考虑

了一下，但还是无法付诸行动。他一如往常，继续当了一段时日的渔夫。可是从那天之后，水里来的男人就没再上门，捕鱼也没有收获。于是他又想起水里来的男人说过的话，便在那年秋天，抛下了他的船和渔网，启程往西。

勘作来到一条大河畔，河床因枯水而露出了辽阔的河岸。他心想会不会是这条河，便小心翼翼地走在堤岸边的树林里，想找路下去渡口问问。这时，他在路上发现一道新的石阶，还看到了一个以桧木打造的崭新鸟居。勘作认定就是这里没错，便沿石阶往上走去。

两三只蜻蜓在夕阳下飞舞着。石阶尽头处是一座充满桧木芳香的小神社。勘作接着往神社里走去，鞠躬参拜。

“是勘作吗？你总算来啦。”

那是勘作熟悉的声音，是水里来的男人在说话。勘作连忙抬起头来，隔着木连格子[①]往神社正殿里看，

---

① 装设在屋檐下方山花处的木格栅。译者注。

但什么都看不到。

“你这两三天内就能找到落脚处，在此之前，就先在神社正殿里过夜吧。”

勘作在缘廊坐下，卸下肩上背的那个风吕布[①]包。

“等一下你最好到村子里去一趟。走下石阶，往村子的方向走去，路上你会碰到一个牵着牛的老人。你去告诉那个老人：‘水神大人降旨，说今晚会有大洪水，得赶快把晒在河岸上的稻谷都收进屋里。’”

勘作依他指示，走下阶梯往村里走去。孰料勘作才走进堤防内侧，往有住家的方向走了一会儿，还真的有个牵着牛的老人走了过来。

“老兄、老兄，我刚才接到水神大人降旨，正要到村子里去通知大家。水神大人说今晚会有大洪水，那些晒在河岸上的稻谷要是不收起来，就会被冲走。”

老人露出了半信半疑的表情。

“最近一直都是这种天气，怎么可能有洪水？不过既然是神明降旨，我就帮你通知村里的人吧。”

---

① 即日本传统包袱布。译者注。

老人牵着牛回去了。勘作就这样回到神社里，走进神社正殿一看，发现三宝[①]上摆放着酒菜。

“勘作，你要是肚子饿了，就先吃点东西吧。”

勘作喝了三宝上摆的酒，又吃了饭菜。水里来的那个男人虽然没有露面，却一直在勘作身边陪伴着他。

当天晚上，还真的发生了大洪水。乖乖听信水神旨意，把稻谷收进屋里的人，财产都幸免于难；而对水神旨意一事感到狐疑，依旧把稻谷放在原地的人，心血全都付诸流水。

隔天，村子里的人在水神神社发现那个来通报水神旨意的男人，便延揽他当祭司，还让他在神社旁有了自己的住处。

---

① 神道教用来盛装供品的器皿。译者注。

◎作者简介

田中贡太郎

1880 — 1941

小说家、日本怪谈巨匠，号桃叶，明治十三年（1880）生于高知县长冈郡。小学中退后于汉学私塾就读，先后从事教师、报社记者等工作。上京后师事大町桂月、田山花袋等文学名家，1909 年起协助完成田冈岭云晚年代表作《明治叛臣传》的资料搜集与代笔写作。自言深受蒲松龄影响，嗜读《剪灯新话》《聊斋志异》等中国志怪小说的田中贡太郎，于 1918 年首次尝试创作怪谈《鱼妖·虫怪》发表于《中央公论》，旋即掀起怪谈创作热潮，开启其后致力于怪谈写作、改编与翻译的创作生涯。1934 年出版其耗费二十余年、收录约五百篇作品的集大成之作《日本怪谈全集》，奠定他在日本怪谈文学领域中无人能及的泰斗地位。

如影随形的亡魂

"哎呀，真是的！我竟然这么不小心，真是丢人。"甚六尴尬地说。

人在茶壶旁的老板，用很诡异的眼神看着甚六的脸，说："不是您不小心，是只要您一打算拿起盘子，身边那个小孩就会把它拍掉。那个小孩不是您带来的吗？"

《老媪茶话》[1]里有很多诡异的故事，这个故事也是其中之一。在奥州[2]某处，有个老百姓名叫甚六。作者说他恣意妄为、冷漠残酷，总之就是个冷酷无情的男人。

甚六有个姐姐。这位姐姐因为年轻丧夫，便带着一个女儿守寡。没想到这位姐姐竟也生了病，最后她如照进屋里的秋阳般，寂寞地辞世。姐姐的女儿名叫小藤，当年还是个十二三岁的小女孩，因为没人照顾，甚六只得不情不愿地收留了她。如前所述，甚六是个冷漠的男人，他把这个小女孩当作是上门的野狗，对她百般凌虐。到头来甚至只要有点什么东西不见，甚六就会说是这个小女孩搞的鬼，还把小女孩绑在后院的栗子树上，任凭她哭喊，连饭都不给她吃，甚至入夜后也不放人。一个天寒地冻的冬夜里，小女孩一直哭喊到夜深，越哭声音越微弱，直到最后再也听不见。天亮后甚六到后院去一看，才发现小女孩已

---

① 日本江户时代出版的奇谈集。译者注。

② 指青森、岩手、宫城、福岛和一部分的秋田县地区，古代合称为奥州。译者注。

经冻死了。事情都已经到了这样的地步，甚六竟然没有太多错愕。不仅如此，想必他一定是觉得少了麻烦乐得轻松。他像丢垃圾似的，把小女孩的尸体拿到荒郊野外草草埋掉。不久后，甚六自己找到了原本咬定是小女孩偷的那些东西。这下子他应该也会感到些许歉疚了吧。

事发当时已是年关将近，不久后随即迎春贺岁，来到大年初一。甚六人在家里，正准备斟屠苏酒、吃年糕汤庆贺新年之际，佛堂里传来了诡异的声音。甚六夫妇吓了一跳，往佛堂方向一看，没想到佛堂里的牌位和素烧碗盘接连飞来，仿佛是有人扔过来似的。

从这天起，甚六家中就陆续开始发生一些怪事。甚六夫妇甚至还看到了小藤的身影，既不像做梦，也不像现实。这下子连甚六也怕了，连忙请来村里的山伏[①]，准备办法事祈福时，须弥坛[②]竟自己动了起来，供佛花瓶和山伏的锡杖等物品，也都像是被人扔出去似的飞到屋外，连山伏都吓得逃之夭夭。

---

① 住在山林里修行的僧人。译者注。

② 安放佛像的台座。译者注。

甚六心想这下子除了求助更灵验的神明之外，已别无他法。于是隔天他便动身前往柳津[①]，祈求当地的镇守神保佑。回程途经一个叫岩坂的地方时，已是傍晚时分。甚六原本打算先在当地吃过晚餐后，再继续赶路回家，但他发现这里就有旅社，便走了进去。

等了半晌，旅社老板送了两份餐点过来。甚六觉得有些狐疑，便对老板说："我只有一个人，不需要两份餐点。"

老板听完，狐疑地环视了屋内一圈，说："刚才有个看来大概十二三岁的细瘦妹妹，跟在您后面走进来，说是和您一起来的，还走了进来。那她究竟是谁呀？"

甚六脑中仿佛响起了"锵"的一声，但他不敢说出口，只好装傻说："不知道会是谁。"

"我记得那个妹妹明明走进来了呀！她穿着一件旧浴衣，看起来好像是地锦花纹样的；一头脏兮兮的头发都没绑好，披头散发的。"

老板觉得心中的疑惑还没解开，便起身向拉门外

① 位于福岛县西部。当地有一座圆藏寺，供奉着日本三大虚空菩萨之一的福满虚空藏菩萨。译者注。

的缘廊张望了一番。

甚六一脸惨白地坐着，根本无心动筷，还不时胆战心惊地往自己的身后望。

“真奇怪，我记得她穿一件看起来像地锦花纹样的旧浴衣呀……”

老板边说边关上了拉门，来到甚六面前。他不经意地看了甚六惨白的脸庞一眼，口中喃喃地说着“真奇怪……”，便离开了这个房间。

后来甚六无可奈何地拿起了筷子，但整个背脊都在发凉，而放进嘴里的餐点，也像是在嚼木屑似的，根本食不知味，最后只得草草地放下了筷子。甚六想赶紧上路回家，抬头才发现日已西沉，室内变得一片幽暗。他心想：“从岩坂到家，还有约莫两里[①]路程，只要走一小段夜路就能赶回家，但如果像刚才这样，接连发生诡异现象，难料路上会发生什么事。”一想到这里，就连天不怕地不怕的甚六，也无心摸黑上路，便决定在这里住一晚。

① 日本一里约为现今的四公里。译者注。

对甚六而言，这一晚漫长得可怕。他担心睡梦中会不会发生什么怪事，整晚睡睡醒醒，不时看看枕头旁那盏微暗的有明行灯[①]灯火。然而，这一晚并没有发生什么诡异的事。

甚六心想自己求神拜佛，渐渐开始看到效果了，于是他一大清早就启程离开了岩坂。途中，他来到一个名叫坂下的小村，觉得有点渴，便想找找有没有可以喝点水的地方，或是能在茶馆歇歇脚。甚六边走边找，在路边发现了一家茶馆，觉得很合适，就二话不说地走了进去。

仔细一看，甚六发现店里的竹篓盘上，放了一些他爱吃的凉面。

“我想来一份凉面。”

“凉面是吗？好的，好的。”茶馆老板停下了手边原本要倒的茶，备妥凉面装盘之后，便端了过来。

甚六转身面向膳桌，拿起凉面，正要开始吃的时

---

① 江户时代的室内夜间照明灯，以木、竹等为骨架，裹上和纸制成灯罩，燃料则多半使用菜籽油，多放在枕边。译者注。

候，盘子突然一个不稳，掉到了膳桌上。“欸？怎么搞的？”甚六连忙重新拿好盘子，准备再次动筷吃面时，孰料又被打了一下，盘子掉到膳桌上。

“真奇怪……”

甚六这次紧紧端好盘子，再拿高凑到嘴边。正当他打算扒一口面、送进嘴里时，盘子又一个不稳，滑落下去，掉到地上摔成两半。

“哎呀，真是的！我竟然这么不小心，真是丢人。”甚六尴尬地说。

人在茶壶旁的老板，用很诡异的眼神看着甚六的脸，说：“不是您不小心，是只要您一打算拿起盘子，身边那个女孩就会把它拍掉。那个小孩不是您带来的吗？”

“啊？”甚六一脸惊恐地看看右边，再看看左边，根本没看到有人在他身旁。他慌张地四处张望了一番。

“那边，那边！您右边有个十二三岁的小女孩啊！她不是您带来的吗？”

甚六慌得六神无主，一脸苍白，全身发抖。

“哎呀？哎呀？那个小女孩不见了，人跑到哪里去了呀？”老板又接着说。

甚六看了看老板。老板则是倒了茶，送到甚六面前。

“世上还真是什么怪事都有。您先喝杯茶，压压惊吧。”

甚六喝了老板送来的茶之后，好不容易才回过神，但已没有胃口吃下那份凉面了。

“……这份凉面我会付钱，但我吃不下了。能不能再给我一杯茶？”

老板用其他的杯子，又倒了一杯茶过来。

“就算真的是一时着了魔，只要您还愿意喝茶，那就没事了。”

甚六喝了第二杯茶之后，就走出了这家茶馆。他心想事情这么邪门，恐怕已经到了神佛无用的地步。这下子只能向小藤赔罪，请她原谅，否则别无他法。

这天晚上，正当甚六和他太太在行灯下谈着这件事的时候，行灯竟自己飘了起来，在屋里飞过来又飞过去。

有人听说甚六家里发生了一些奇妙的事，便跑来向甚六献策。

“看来那不是狐就是狸搞的鬼。你只要在她可能经过的地方撒些干沙，她就会留下脚印，这样她就无所遁形了。”

甚六照着那个人的建议，在气窗下方撒了一些沙。没想到当天晚上，窗外有个诡异的女孩探头进来，说:“你们以为我是狐或狸吗？”

说完之后，女孩大笑不止。

甚六夫妇这才明白，原来一切都是小藤作祟。后来，他们郑重其事地为小藤祭祀超度，怪事才终于平息。

蓝瓮

耳边传来两三个小孩的歌声。顺作他们的左手边有个像是宅邸旧址的空地，小孩就是从那里跑出来的。还有很多高度不输成人身高的大瓮，也倒放在空地上。

“咦？这是什么？”女人指了一下，顺作便认真思考了起来，最后推想可能是染坊用的瓮。

格子门缓缓地开启，接着便有人走了进来。顺作拿着酒杯，望了坐在眼前那个脸施白粉、眼角带着几许忧郁的女人一眼，就转向右前方，往玄关处张望——玄关那扇脏脏旧旧的格子门，在阴暗的天色中格外醒目。

“会是谁呢？”

顺作心想：“我悄悄地搬到这里，风声没走漏给任何人。现在才过了一天，怎么会有人找上门来？该不会是他吧？”他轻轻拉开纸门，看到一张蜡黄小脸出现在门外。

“你在啊？”

原来是被他偷偷摸摸地像遗弃小狗般抛弃的父亲。

“嗯。”

顺作不敢看父亲的脸，但一方面又百思不得其解，觉得自己为了不让风声走漏，已经这么小心翼翼，连拖车都刻意找了远处的，为什么父亲还会知道？

“我听说下了电车之后，要走十丁[①]左右，结果这

① 一丁约为 110 米。译者注。

根本就是将近一里嘛！哎哟喂呀……”

老人身穿一件脏得看起来像灰色的白底细直纹单衣[1]。他关上了拉门，蹒跚地走到茶几旁坐下。

“你还真有办法，竟然找得到这里。”

顺作无可奈何地说完，看了看父亲的蜡黄小脸。这时，他发现父亲左眼的上眼皮肿成一片青紫。

“是前面那家车行的老板来问我的。因为你偷偷搬走，我去参拜大师寺之后回到家，东摸西弄一阵之后，车行的老板就找上门，说：‘你儿子真是个不肖子！竟然抛下老父跑路了。这得报警才行，我和你一起去。’我说：‘那可不行。他做生意不太顺利，有点状况才搬走的，千万别报警啊！’这才把他打发走。”

“当然要把他打发走呀！这么不景气，我欠了一屁股债才跑路，警察找上门也未免太可怕了吧！”

“是啊，是啊。所以那个老板要我到他家去，我都没去。”

“真是多管闲事。”

---

① 单层无内里的和服。译者注。

“是啊，我也很气啊！他说：‘你和你儿子是不好，但那个女人更糟糕。她可是个在青楼游走过的狠角色呀！只要身边有老爷在……’”

有个女人露出刚梳好的圆髷[①]发型，上面系着一条红色手柄[②]。她原本只盯着火钵里的火，对这位父亲连正眼也不瞧一眼。这下子她气得破口大骂：“反正我就是个在青楼游走过的狠角色嘛！”

父亲急忙解释：“别发火，别发火。你搞清楚，说你坏话的不是我，我只是转述车行老板说的话……”

女人恶狠狠地瞪着老父亲的脸。他那肿成一片青紫的左眼发着青光。

“都是你多嘴。谁叫你跑来把车行那个傻瓜说的话又说一次？”

顺作对这个跑来说三道四，惹火家里女人，还得意扬扬的不速之客，简直是恨之入骨。

“那、那、那还真是不好意思，是我不好。但我

① 早期日本女性梳的传统发型，常见于已婚者。译者注。

② 日本传统发型用的一种发饰。译者注。

也是因为听到人家说了这位姑娘的坏话，才一时气恼，跑来说这件事。我就是被惹恼了，所以车行老板邀我去他家，找我去吃饭，我都没去。”

“那你怎么会知道我在这里？”

“车行的年轻伙计，有人认识拖车行那些小伙子啊。”

“原来如此。”

顺作心想自己已经安排得保密到家，竟然还是走漏了消息，气得火冒三丈。前几天搬家时，在路上遇到熟人，害他搬家的事曝光，这也让他很恼火。

“还好我很快就听到消息。我顾着忙东忙西，那些外人就开始到处说三道四，这位姑娘实在太可怜啦……”

顺作像是要压过老先生说的那些话似的，大声吼他：“你给我听好，现在你做的事，就是在找麻烦。你打算没完没了地讲到什么时候？”

老父亲发青的左眼，看上去令人毛骨悚然。他盯着这个不肖子的脸，说：“原来如此，原来如此，原来通风报信是我不对啊？既然不对那我就不说了。你毕竟也年过四十了，是个有想法的男人。我什么都不多说，只要你顶天立地，别做那些会落人笑柄的事就好。”

这时，女人站了起来，仿佛是在说自己已经待不下去似的。她在单衣外面披上了一件华丽的外衣，将阴郁的屋子里装点得满室生辉。这让顺作注意到了她的举动。

“你要去哪里？”

“我出去一下。”

“去哪里？”

“就出去一下。”

“吃过饭再去吧？我也一起去。”

“但我就是想出去走走嘛！”

“那我也去散步。”

“家里怎么办？”

“有人看家，没事的。”

“是吗？”

顺作起身看了看他的父亲。

“你要是肚子饿了就先吃点饭，我去去就来。”

“没事，没事，你尽管去。我很晚才吃过东西，现在什么都不想吃。”

女人先走向身后那个放在墙边的梳妆台，稍微蹲下照了照镜子之后，便往玄关走去。顺作见状也跟了上去，就像是被她拖走似的。

顺作和女人穿过郊区电车那个没设栅栏的平交道，走进一条沿途夹杂着民宅和田亩的路。

原本乌云满布的天空，开始透出些许缝隙。黄昏的西边天空，被熏成了桦木色。围着竹篱笆的人家，篱笆边开了几朵大波斯菊，田边一隅则有着结了穗的芒草。

“还真伤脑筋呀！”

“很伤脑筋啊！”

“搬到乡下去吧？”

“说的也是。”

“乡下总不会三天两头找上门了吧？”

“很难说，毕竟我们都已经保密成这样，还是被他发现。”

“说的也是。”

“除非我们找个洞穴躲起来，否则他还是会追来的！”

“是啊！还真想找个地窖躲起来。”

“对呀！”

耳边传来两三个小孩的歌声。顺作他们的左手边有个像是宅邸旧址的空地，小孩就是从那里跑出来的。还有很多高度不输成人身高的大瓮，也倒放在空地上。

“咦？这是什么？”

女人指了一下，顺作便认真思考了起来，最后推想可能是染坊用的瓮。

“好像是染坊用的瓮。”

“好大喔。”

“染坊用的瓮的确都很大。”

“要不要过去看看？”

“好啊。”

两人转往空地走去。这片空地上稀疏地长了一些杂草，还有虫鸣声不绝于耳。刚才说的大瓮，总共有十五六个之多。

“小孩要是跑进这些瓮里，恐怕就出不来了吧。”

“应该是出不来吧。”

“重吗？”

“谁知道。”

顺作不知在傻傻地想着些什么，回过神来之后，又走到附近的一个瓮旁，朝着收窄的底部用力推了一下——瓮虽然很重，但这么一推，还是让瓮往侧边倒了一下。

“要是小孩被丢进瓮里，真的会出不来吗？”

“谁知道。”

顺作一边说着，一边离开瓮旁，四处张望了一番——他在注意有没有人看到他做了什么事。

女人盯着顺作的一举一动，不发一语。

“走吧。”

两人步出空地之际，四下已是日暮时分。

“喂，”顺作依偎在女人身边，低声地说：“回家去把麻烦人物带过来吧！”

女人也低声地回答：“这样好吗？”

“好得很。”

顺作和女人回到家，老父亲还孤零零地坐在当初的那个位置。

“哎呀！回来啦，回来啦！”

顺作听了父亲这句话之后，接着说：“我想去寄席①，所以回来叫你。你要不要去？”

“哦？要带我去寄席喔？真是太求之不得了。有什么表演吗？”

“有落语②啊。”

“这样啊。那姑娘你也要去吗？”

“要去啊。”

“那太好了，真的要带我去吗？”

“那我们吃过饭再出发吧！爸，你吃过了吗？”

“我吃不下。今天很晚才吃过荞麦面，要是等会儿饿了，就回来再吃吧！你们吃就好了。”

“那我们吃吧。”

---

① 表演说书等传统大众娱乐表演的场馆。译者注。

② 日本传统曲艺形式，类似单口相声。译者注。

两人吃起了饭，老父亲则是默默地坐在一旁。

餐后，三人一同出门。家户门灯稀疏的街头，显得特别暗。老父亲跟在两人身后，缓缓地前进。

三人一语不发地走着。郊区线的电车铁轨旁，亮着一个又一个的电灯。一行人越过平交道，继续往前走。

四下虫鸣不绝于耳，天空满布着乌云。他们三个人就这么往那块空地走去。

“我们穿过这片空地吧！这里比较近。”

顺作说完，望着紧跟在身后的父亲。

“好啊，好啊，抄近路很好。”

三人往空地里走去。走到瓮旁时，顺作停下了脚步。

“爸。”

“怎么？”

“我有话想跟你说。”

“什么事？”

“你蹲下来一点。”

“好。”

老父亲就地蹲了下来。女人偷瞧了他的脸，觉得那个肿起来的左眼，看上去就像是发着青光。顺作几下子就用手里的东西，把老父亲的小脸给包了起来。老父亲连一声都没吭。

“咿咻！”

女人喊着，并冲上去抱住老父亲；而顺作则是整个人紧抱着旁边的大瓮。

“嘿咻！”

瓮里发出“呜……呜……”的呻吟声。

顺作和女人匆忙跑离瓮旁。

两人回到平交道。电线杆上亮着的灯光，朦胧地照着他们的身影。

电车的声响从近处传来。

“电车来了。”

顺作让女人走在前面，两人打算跑步穿越铁轨。没想到女人突然一个踉跄，整个人往前扑倒。顺作大吃一惊，急忙想把女人抱起来，却发现地上竟空无一人，根本不见女人的踪影。顺作吓坏了，心想自己是不是眼花，正打算再定睛看看之际，右边驶来的电车，把顺作整个人撞飞，让他当场失去意识。

顺作头部有些撕裂伤，右手也骨折，被送进了附近的医院。

隔天，顺作终于恢复意识，便找人去他家，把女人叫来，没想到去的人竟说女人不在家，而她也没在医院露面。顺作心想女人该不会是畏罪潜逃了吧。比起女人的安危，顺作更担心他的罪行曝光。

隔天，护士带了顺作不认识的两个男人过来。从言行举止看来，这两个男人八成是刑警。顺作全身发抖。

“我们是警察。你是不是原本住在芝地区的滨松町 ××× 号，大前天才搬到这里来？”

“是的。”

“为什么你父亲没跟着一起搬过来？”

“我有很多苦衷。我做生意有些周转上的问题，所以才悄悄地搬到这里来，没让任何人知道。这件事我爸也知道，你们可以去问他。”

“真的是这样吗？”

“真的是这样。”

“看来你还不知道，你父亲在你搬家当晚，陈尸在你先前的那个住处的二楼。”

“啊？”

明明昨晚才亲手把老父亲推进瓮里，怎么会大前天晚上就死了呢？这也太诡异了吧？但顺作不敢把这些话说出口。

“你觉得你父亲为什么会暴毙？”

“我、我在新宿一带开咖啡馆失败后，就到处搬家。这一点我爸也知道。”

顺作对这桩诡异的秘密左思右想，却仍百思不得其解。后来，警察又找他侦讯了几次，他才知道父亲的遗体已经火化了。

过了三个星期，顺作总算痊愈出院，正打算回家时，不知不觉竟又走到了那片空地。仔细一瞧，空地上聚集了好多人，不知道在围观什么。顺作虽然害怕，却还是忍不住想一探究竟，便硬着头皮地走过去，往人群里一看——地上倒着一个瓮，旁边躺着一具腐烂的女尸，身上穿着一件顺作很眼熟的外衣。顺作看了一眼之后，当场就昏倒了。

灶中人脸

僧侣连续十天都来拜访。直到有一天，三左卫门左等右盼，就是等不到他上门，不知道是不是他另有要事。要和老板对弈，三左卫门实在提不起劲，于是便找了陪他从江户过来的随从，一起到户外去走走。

I

“今天也让你输个精光吧？”

相场三左卫门说完这句话之后，摆出了棋盘，望着坐在正对面的温泉旅馆老板，露出了笑容。

“昨天实在是输得太不甘心了，所以我整晚没睡，拼命恶补了一番，今天我可没那么容易输。”

老板落寞地笑了笑，便拿起棋子开始落子。

“原来如此。那我可不能掉以轻心，别以为对手好惹就轻敌，是吧？”

老板到处摆棋落子，三左卫门看见他的指尖在颤抖。

老板就是有这么一个神经质的怪癖。

“今天我绝不会三两下就输掉。”

老板很爱下棋，却是所谓的“下不好又爱下”，三左卫门每次都得让他四五子。不过，在汤治的这段时间，三左卫门为了打发时间，每天还是会陪老板下个几盘。

“那就拜托你别再输啰。”

自从三左卫门离开江户，到箱根山区小住迄今，已过了二十多天。

“那我今天就来大获全胜吧！”

两人像是这才想起要下棋似的，敲出一声声的落子声。这天是个初夏晴好的日子。敞开的拉门外就是一条山路，山路上或上或下的人影，有时会拖着看似云雾般的淡影。

“有客人上门吗？”

三左卫门觉得有个影子，但无法判断那是人影还是鸟影，便提醒老板一声。

“的确是有客人上门，但那个客人很难伺候，我觉得很伤脑筋。”

老板聚精会神地下着棋。

“如果真的是不好伺候的客人，那就得赶他走才行吧。”

三左卫门笑着朝缘廊瞄了一眼——那里站着一位脸色苍白、身型瘦削的僧侣。

“是云游僧？”

三左卫门微微颔首示意。

“让我瞧瞧，我也很爱下棋。”

僧侣也对三左卫门颔首回礼。听了他的声音，老板这才回过神来。

“哎呀，是大师啊！请坐吧。”

“让我瞧瞧。”

僧侣身穿一袭破了洞的黑法衣。他解开菅笠[①]的绑绳，在缘廊边坐了下来，斜着紧盯棋盘盘面。

“那我们就继续吧！”

三左卫门放下了原本一直握在手中的棋。

“那我也来下一手吧？这里，我来下这里吧！”

老板落子下棋，好像连有僧侣在这件事都忘了。

“那我下这里。”

在三左卫门沉着的说话声中，夹杂着老板略显慌张的声音。

“又下坏了一盘棋。这个连这个……客官，我又输了，这盘棋没救了。”

---

① 薹草编成的斗笠。译者注。

老板失落地说。三左卫门放声笑了起来。

“你不是说今天不会输吗？这是怎么了？”

“谢谢指教。”

老板轻轻搔了搔右耳，接着把目光望向了僧侣。

“大师，您觉得如何？我应该是不行了。”

“我也爱下棋，但下得不好。”

“换个对手切磋，会比一直和同样的对手下棋更有意思。怎么样？你要不要下一盘？”

僧侣露出同意的表情。三左卫门接着说：

“那就请你指教一盘吧？”

“我恐怕不是您的对手。”

僧侣边说边往屋内移动，打算在缘廊盘腿坐下。

“那里是木板，这里请吧？”

三左卫门想请僧侣坐到叠席上，僧侣却摇头婉拒。

“我习惯坐在石头或木板上。”

于是三左卫门把棋盘挪到门口，让一边的棋盘脚放在门槛上。

“看来你我棋力似乎是在伯仲之间，那就由我先下吧。”

僧侣把手伸进老板送过来的棋罐里。

“我先吧。”

三左卫门还没说完，僧侣已经落子下出第一手。

“那可不行，我先下。”

“算了，这次就先这样吧。”

于是两人开始落子下棋。三左卫门下得悠哉，僧侣也下得悠哉。屋里只有下棋落子的“哒、哒”声响回荡。

过了不久，黑白两色的棋子就占满了整个棋盘。三左卫门知道自己输了。

“我输了，应该输了两三目吧。”

但他觉得棋逢敌手，这盘棋下得很有意思。

“你输得很惨，应该输了两目吧。”

僧侣这么说道。仔细数过之后，果然如僧侣所言，是三左卫门以两目之差落败。

“那这一局换我先下。”

三左卫门先开始落子，僧侣则依三左卫门所言，在他落子之后才下，结果是僧侣以两目之差落败。三左卫门觉得这两场对局实在是很有意思。

“这一局又换我先下。”

僧侣先在棋盘上落子。

“这实在是太有意思了！”

老板也开心得像是自己在下棋似的。

Ⅱ

三左卫门和僧侣就这样下棋下到了傍晚，双方一胜一负，都是先手胜、后手败，差距并不悬殊，双方都下得非常过瘾。僧侣下完棋要离开时，三左卫门开口说：“您是不是会在附近哪家寺院停留一段时日？”

三左卫门很舍不得僧侣离开。

“我在这座山上筑草堂而居。”

僧侣站起身，把菅笠戴在头上。

“那还能不能再请您和我对弈？不然就明天吧？明天能不能再邀您下棋？”

“那我就恭敬不如从命了。我一听到有棋可下，就忍不住技痒。明天也好，后天也罢，只要想下棋，我每天都可以来和您对弈。”

“那真是太感恩了！我现在每天都闲得发慌啊！”

“那我们就明日再会。”

僧侣走出屋檐外上路，就像鸟儿飞在夕阳余晖中似的，往山坡上走去。

“原来有个这样的和尚住在附近啊。”

老板说他完全没留意到这件事。

“连你也没发现啊？”

三左卫门已经想着要去泡温泉了。

“先前我都没发现，他都在哪里出没啊？毕竟这儿附近常有那样的和尚来来去去……”语毕，老板像是突然想起了什么似的，接着说：“这些和尚当中，各种人都有，千万别轻易和这些和尚称兄道弟，不过那个和尚应该没问题吧。”

“和尚出过什么怪事吗？”

“当然有怪事啊！这座山上有个很邪门的和尚，据说只要有人谈起他的事，就会被他索命。不过没人知道详情究竟是怎么回事，毕竟没人真正被索命，也没人真的见过那个和尚，但的确有人在谣传这件事。”

“原来如此。算了，管他的，只要棋下得好，就算真的是个邪门和尚也无妨。"

隔天，那个僧侣果然再次上门。满心期盼的三左卫门马上拿出了棋盘，自己下先手，展开首场对弈。下了先手之后，三左卫门果然又像昨天一样获胜；而改下后手时，就必定会输。这一天，僧侣又陪三左卫门下到傍晚才离开。

之后，僧侣几乎天天都上门来拜访。三左卫门觉得老是让僧侣跑一趟过来，有点过意不去，况且他也想看看这位僧侣过着什么样的生活，心想总有一天要到僧侣的住处去拜访。有一天，他总算开口说："老是让您过来，我觉得很不好意思。我想找一天去拜访您，顺便上山走走。"

"我的草堂位在山里有狼、狐出没之处，毫无景观可言，是个糟糕的地方，就不劳您跑一趟了。"

"只要不会打扰您，我觉得不亲自跑一趟，实在是过意不去。"

"不用这么客气，我那里不适合招待客人，您的好意我心领了。"

"这样啊。"

三左卫门把话题拉回围棋上。

“那就麻烦您再指教一盘吧。”

僧侣连续十天都来拜访。直到有一天，三左卫门左等右盼，就是等不到他上门，不知道是不是他另有要事。三左卫门实在提不起劲和老板对弈，于是便找了陪他从江户过来的随从，一起到户外去走走。

初夏的山林里，处处有嫩叶妆点。低头一看，路右侧的谷底，有着如银般的流水，从黑色的岩石之间流过。山谷里还听得见杜鹃鸟鸣。三左卫门心想有没有视野辽阔的地方可去，于是便离开干道，转进岔路，循着通往小山峰的山路往上爬。

三左卫门抬头就可以看到一座山顶光秃的雄伟大山，想必应该是驹岳山吧。青白色的云层，不断地飘过山顶附近。

这条山路延伸到了杉树、桧木的树林里。这里既看不到那座雄伟的大山，也看不到天空的颜色。桧木树枝上挂着些许松萝，看似朦胧的白雾缭绕四周，寒意逼人。

眼前是一片有着许多岩石的杂木林，而这条路则是通往山谷里的一条小溪。

“老爷，那里竟然有一间小屋。”

听到紧跟在身后的随从这么说，三左卫门回头一看——随从指着溪谷对岸，还要再往上很远的地方。

“在哪里？”

“就在那里。”

那里有一块岩石，上方长满了黑色的树枝，看起来就像是马的鬃毛。而就在这块岩石的下方，有一间看似小屋的房舍。

“原来如此，还真有一间小屋。”三左卫门才刚说完，就想起了那个僧侣，“说不定他就住在那样的地方。”

“是哪一位？”

“每天来找我下棋的一个和尚。”

“那个和尚不住在寺院里吗？”

“他说他住在一间草堂，不是寺院，说不定就是那里。我们就去那间山屋瞧瞧吧！这样也好，就当作是走路消化一下。”

三左卫门发现有路——岩石上铺有石板，要渡河到对岸去，应该不会太费力。于是两人便沿着岩石走了过去。

在杂树和岩石之间，有些可供人通过的小径。每次三左卫门心想“原来要走这里”，往前探看究竟时，才发现路上长满了荆棘和藤蔓。他和随从不时停下脚步，想看清楚下一步该踩在哪里，才继续往上爬。

两人总算来到岩石下方的小屋前面。三左卫门深吸了一口气，才往小屋门口走去。

“有人在吗？有人在吗？打扰一下。”

“您是哪位？”

屋里有人回话，随后也出来应门——应门的就是那个云游僧。

“我已经百般婉谢您来访，没想到您还是来了。也罢，既然来了，就请进来吧。”僧侣满脸不悦地说。三左卫门想起他说要来拜访时，僧侣婉拒他的那一番话，心想自己真不该来。

“不不不，我并非刻意来访。今天因为您没来，我闲得发慌，所以才带着随从，想去找个视野开阔的地方。结果走到下面那个溪谷的时候，发现这座草堂，又想起了您，猜想您会不会在这里，才绕过来瞧瞧的。”

“算了，算了，那就请您进来吧，我来为您泡杯茶。”

僧侣走进屋里，三左卫门也脱掉了草鞋，走进这座草堂。草堂里铺着稻秆，正面设有佛龛，佛龛的门关着；左边则有两口灶，灶上挂着茶釜[①]和锅子。

僧侣走到灶前坐了下来，三左卫门也跟着走了过去，在和尚对面坐下。

“看来我好像打扰您诵经了，我很快就告辞。”

三左卫门以为僧侣讨厌外人来访，是因为会打扰他诵经礼佛。

“不，不会打扰我诵经，只是我有苦衷。别说这些了，我来泡茶吧。”

僧侣的眼神很肃杀，不带半点亲切。

“不必泡茶了，我也没那么想喝，您就别忙了。”

三左卫门说完之后，偷瞄了茶釜一眼——茶釜

① 日本茶道中用来煮水的锅具。译者注。

下方那口灶，底下竟悄悄地露出了一张人脸，而且脸色惨白，表情满面惊恐。三左卫门大吃一惊，但他毕竟是个有胆识的男人，所以又不动声色地望着僧侣的脸。僧侣瞪大眼睛盯着炉灶下看，不知道是不是怀疑三左卫门发现了那张脸。没想到那张脸竟像是消失了一样，又缩回灶里去了。

“唉，在这种柴火随手可得的地方，反而容易忘记备足木柴。没柴了，我去捡些树枝过来，请您稍等。”

僧侣说完便起身走了出去。三左卫门把放在一旁的刀拿到身边，仔细查探草堂各处，包括灶底下。他惊觉此地不宜久留，准备赶紧打道回府。然而，要是就这么落荒而逃，恐将成为武士之耻，于是他决定要留下一大笔布施之后再离开。不过，要是直接在僧侣面前拿出来，难保他不会又借故推辞。三左卫门决定趁现在先把布施放好，等僧侣一回来，就起身告辞——三左卫门一边望着灶底，一边这么思忖着。

“还是放在佛龛里比较妥当”

他突然想到可以把布施放在佛龛里，便找出怀中的钱包，抽出钞票，再用草纸包好。

“源吉。”

三左卫门回头把那个坐在门口石头上的随从叫来。

“是。”

随从起身走了过来。

“帮我把这个放进佛龛里。”

“是。”

随从走进屋里，从三左卫门手中接下纸包后，往佛龛走去，毕恭毕敬地伸手打开佛龛之后，却不知为什么大吃一惊，整个人往后弹开。

“啊！头……头……”

刚才发生过灶底下那件事，三左卫门猜想一定又出了什么状况。

“怎么回事？”

“里面有人头，活人头。”

“是吗？”

三左卫门起身前去查看。佛龛上供着一尊模样不太寻常、外观被熏黑的诡异佛像，前面放着一个脸朝内、头发梳成男髷[1]的人头。

“好吧，把那个纸包拿过来。”

三左卫门从随从手中接下了那个纸包，把它摆在佛像和人头中间。佛像的眼睛亮着刺眼的光芒，还有三头六臂，模样相当怪异。

“好了，你到那边去等我，别忘了要摆出若无其事的表情。”

三左卫门关上佛龛的门之后，又回到原位坐下。与此同时，随从也回到入口处的石头上坐下。

“哎唷喂呀……住在这样的树林里，家里的柴火竟然用光了。”

僧侣抱着枯枝回来了。

“这真是太不好意思了，给您添麻烦了。”

三左卫门若其事地说，但丝毫不敢大意。

“住在这样的树林里，家里的柴火竟然用光了，真是要不得。”

僧侣一边说，一边把枯枝放进灶里。三左卫门望

---

① 髷是日本传统发型。男士梳的男髷主要有七种。译者注。

向灶底下，看到刚才那张人脸又冷不防地出现。这时僧侣突然握起拳头，正准备动手之际，那张人脸又缩了回去。僧侣见状，拿起了一旁的打火石点火，放进灶底下。

“这口灶直到刚才都还有火，很快就能把水煮沸。”

“我马上就告辞，请不用客气。”

三右卫门心中暗忖：“只要僧侣敢轻举妄动，就一拳打倒他。”所以他一直紧盯着僧侣的一举一动。

“要是有棋的话，就能请您陪我下一盘了。”

僧侣说话的声音和在温泉旅馆时一样，相当沉稳。

“是啊，要是有棋就能请您指教了。”

此时三左卫门同样不敢大意。

“喔，茶煮好了。”

僧侣说完，不知从哪里拿来了两个茶杯，手上还拿着柄杓[①]。

“那喝完这杯茶，我就马上告辞。”

“哎呀，别这么急着走嘛。”

① 从茶釜中舀热水用的工具。译者注。

“不行，路不好走，我得尽快上路。”

“这样啊。”

僧侣斟了茶，把一个茶杯放在三左卫门面前，另一杯茶则是拿到了门口。三左卫门趁僧侣不注意，把茶杯里的茶倒进了稻秆缝里。

“同行的这位仁兄，您也喝杯茶吧。”

耳边传来僧侣的声音，接着还有随从的声音。三左卫门拿刀站了起来，这时僧侣已经折返回屋里。

“今天真是太叨扰您了，我这就告辞。明天如果您有空，再麻烦您陪我下几盘棋。”

“您要回去了呀？那我明天再过去拜访。”

三左卫门小心翼翼地穿鞋，避免让僧侣有机会出现在他身后；随从则是搓了搓手之后，就站了起来。

Ⅲ

三左卫门就这样离开了草堂，匆匆下山，一路上不时提防着后方的状况。

“老爷，您喝了那杯茶吗？”

三左卫门身后传来随从急促的呼吸声。

“你喝了吗？”

“我倒掉了。”

“是吗？那太好了。那种地方的茶怎么能喝？我也是假装喝完，其实全都倒掉了。”

三左卫门催促随从快步下山，回到温泉旅馆。但他觉得整件事情实在是太邪门，便立刻找来旅馆老板。

“我今天碰上了很可怕的事。老板，你觉得那个每天来下棋的和尚是什么人？”

“您看到什么了吗？”

“岂止看到，我经过他的草堂，看到不得了的东西。”

老板像是突然想起什么似的，伸手制止了三左卫门。

“客官，请等一等，那些话说不得。他是个可怕的和尚，您要是把这件事告诉别人，您就会没命，所以那些话千万说不得。我看您最好尽快离开我家，今晚悄悄找个地方住，明天就赶紧回江户去吧。我听过一些传闻，总之请您尽快离开。”

老板的脸色大变，连声音都在发抖。

“但这不是很怪吗？整件事情究竟是怎么搞的？”

三左卫门觉得事情实在是太不可思议了。

“别说、别说，千万别说。我知道您一定是碰上很不可思议的事，您什么都别说，最好赶快动身离开这里。绝对不要把那件事告诉任何人，只要一说出去，您就会没命。”

“但这未免也太诡异了吧？”

“别说、别说，那些话万万说不得。我绝对没有胡说。您动作快点、快点吧！”

三左卫门不太能听懂老板说的话，不过既然看到了那件荒谬至极的事，想必个中一定有什么蹊跷。于是他决定回江户，和旅馆结清账款后，便启程出发。

此时太阳已经下山。当晚，三左卫门和他的随从下榻在山脚下的旅社，隔天晚上则是住在藤泽一带，再隔天来到金泽[①]时，竟有两三位家臣，从江户的宅邸出发赶来，在旅馆的入口等候三左卫门到来。

---

① 现为横滨市的金泽区。译者注。

“你们怎么来了？”

三左卫门狐疑地问。

“听说老爷您今天会回东京，所以我们来迎接您。”

三左卫门觉得这一切实在是太不可思议了。

“你们怎么知道我要回东京？”

“昨天有个年约四十的和尚上门来拜访，对门房守卫说：‘我受托前来通报，府上老爷临时决定要从箱根回来，明天就会到家。’所以我才急忙赶来接您。”

“年约四十的和尚？”

“身穿一袭黑色破法衣的和尚。”

三左卫门不再开口。这天晚上，三左卫门一行人回到江户的自家宅邸，家里已有许多亲戚朋友等着为他接风洗尘。

三左卫门一走进家门，众人就围上前来。三左卫门可爱的四岁小儿子原本站在缘廊，这时却突然大叫，吓得三左卫门立刻冲过去察看——只见缘廊上躺着一具无头的男童尸体。

蓝微尘[1]的衣裳

夜半，续弦妻子醒了过来。她胆战心惊地睁开眼睛，往黑暗中望去——枕头右边那扇隔开卧室与佛坛房间的拉门，一如往常地敞开。而身穿蓝微尘衣裳的女子，端坐在门槛上，手贴地半向前伸，宛如幻灯投影般清晰可见。

① 一种细条纹布。以两条蓝染纱搭配两条白色纱线为一组，经纬交织而成。译者注。

这是发生在东京芝区的故事。芝区某町有一家当铺，当铺老爷夫人因病过世，身后留下一个五六岁的小女孩，于是老爷便再娶妻续弦。

这位续弦的妻子，个性乖巧柔顺，脸上总是笑容可掬，对继女也如亲生女儿般的疼爱，所以女儿和她很亲近，老爷也很放心。

然而，这位续弦妻子过门后不久，就变得很沉默寡言，整天冷漠地板着脸。以往她身上那股如花开时节般的温暖气息，已不复见。

当铺老爷家有个长辈注意到了这件事。长辈有着丰富的人生阅历，他推断当铺老爷应该是有了新欢，冷落了续弦妻子，所以续弦妻子才会愁眉不展。有一天，长辈把这位续弦妻子请到自己家里。

“我看你最近总是闷闷不乐，发生了什么事吗？”

“没什么特别的事。”

“应该有什么事吧？你最近都显得郁郁寡欢。”

“我没事啊。”

“一定有吧？绝对不会没事。我猜应该是老爷冷落了你，对吧？”

“没有，没那回事。”

“那是什么事？你说说看，我会帮你想办法的。”

一阵你来我往之后，续弦妻子抬起头，脸色苍白地说：“我会变成这样，是因为碰上了可怕的事。我晚上只要一睡觉，摆佛坛的那个房间和卧房之间的拉门就会敞开，然后就会有个女人从那里走出来向我行礼。我害怕得不得了，晚上总是睡不安稳。但我又不想告诉老爷，只好保持沉默。”

“是什么样的女人？”长辈探询。

“是个年轻貌美的女人，身穿蓝微尘的衣裳，系着黑缎腰带，梳着圆髷发型。”

“她有没有说什么？”

“什么都没说，就只是伸出她那雪白纤瘦的手，优雅地放在地上，然后向我行礼。”

长辈马上想到那可能是老爷的原配，但没说出口。他把当铺老爷找来，当面把续弦妻子说的话转告给老爷。

“她说那个女人身穿蓝微尘的衣裳，你有没有想到什么？”

当铺老爷知道原配很喜欢蓝微尘的衣服，总会特地挑它来穿。听了这番话，老爷的背脊一阵发凉。

“那是我过世妻子爱穿的衣服。”

长辈点了点头，沉默半晌之后，才像是自言自语似地说：“她是不是还有什么眷恋？”

“一定是！可是丧礼都已经办得那么隆重了，应该不会有什么缺漏才对。”老爷说完之后，看了看身旁的续弦妻子，接着说：“况且你还那么疼孩子，应该都很周到了。要是下次再有这种事情，你就叫醒我，我来教训她。”

隔天晚上，老爷和续弦妻子一如往常地陪在女儿的两侧，三人睡在家中最内侧那个八张榻榻米的房间里。这个房间与土藏[1]仓库相邻，另一头就是设有佛坛的那个房间，大小约莫榻榻米四张半。更往外的缘廊，则是一路连到土藏仓库的入口。

夜半，续弦妻子醒了过来。她胆战心惊地睁开眼睛，往黑暗中望去——枕头右边那扇隔开卧室与佛坛

---

① 一种木造的建筑样式，防火性能很好。译者注。

房间的拉门，一如往常地敞开。而身穿蓝微尘衣裳的女子，端坐在门槛上，手贴地半向前伸，宛如幻灯投影般清晰可见。续弦妻子想起老爷说要叫醒他，便伸手推了推老爷的肩膀。

老爷张开眼睛一看，发现是续弦妻子在叫他，立刻明白是怎么回事，便抬起头一看——女人已在鞠躬行礼。

“喂！人家都已经这么疼孩子，你有什么不满，要这样一而再，再而三的出现？”老爷语带训斥似的说。没想到女子竟轻声地这么说：

“我是来道谢的。”

“这样啊？原来如此。可是一看到你出现，她就会很害怕，所以你就别再来了！”老爷说。

说时迟，那时快，女子竟当场消失，此后再也没有现身。

无名指的弯曲

当年我虽然还是个孩子，但看他们这样，心中也涌起一股不知该说是悲伤还是害怕的情绪。因此我不时就会跑到母亲的枕边，或是到隔壁房间那些交头接耳的亲戚身旁。

这是我最近认识的一位医师的故事。

我父亲原本是小学老师，后来被招赘到这个家来，才当上了医师。当年刚开始要求医师要有执照时，内务省特例核发了一些执照，给行医多年的家庭。于是我父亲就在我祖父过世后，直接继承衣钵，当上了医师。

父亲过世时我才七岁，所以对他的记忆只剩一些片段，但还是隐约记得一些事：他总是一脸落寞，但并不是一个不讨喜的人；他嘴边留了一点茶褐色的胡子；他非常疼我，只要他出门外宿，就会担心我有没有受伤，有没有突然生病，甚至还因此而睡不着。还有，父亲到我五六岁时，都还叫我“娃娃”——在我家乡的方言当中，“娃娃”是小婴儿的意思——据说他还常因此成为我母亲的笑柄。

“看样子，说不定这孩子到了十岁、二十岁，你都还会叫他娃娃。”当年母亲常这么说。

就因为父亲是这样的人，所以他对我母亲表现得非常体贴。这份体贴有一部分或许是出于他的赘婿身分，不过追根究底，大部分应该还是来自他那与生俱来的温厚性格。据说他也因为这样的个性，而显得非常胆小。只要有身受重伤的病人上门，我父亲就会比病人还惊恐，脸色惨白地为病人治疗。

据说有一次，有个病人腰上肿了一大块。正当我父亲战战兢兢地切开患部时，病人竟对他说："医师，我没那么痛，请您放心大胆地切吧！"

这是从我母亲那里听来的故事。

父亲死后，亲戚们觉得我母亲还年轻，又有家业要照顾，便建议她招上门的夫君，好接下医师衣钵，但母亲就是不肯。说穿了，后来医术开业考试规则很快就要正式执行，那张特例执照其实也不能再继承下去了。不过要是当时立刻招赘，至少还有一代人可以享受这样的恩惠。所幸当年我家还有点财产，不至于马上陷入困顿，所以亲戚们对再招赘的事，也就此作罢。

和父亲比起来，我母亲算是相当精明干练，个性里带着些许不服输的成分。她在我八岁那一年生了一场病，高烧不退。现在回想起来，那应该是伤寒之类的病吧。当时亲戚们找了一位从南方迁徙而来的山田医师看诊，他说我母亲的病很难痊愈，于是亲戚们便轮流过来照顾她。但毕竟母亲身染重病，所以大家都不敢在家里大声谈笑。亲戚们打照面时，表情俨然就像眼前有什么又黑又沉重的东西似的。当年我虽然还是个孩子，但看他们这样，心中也涌起一股不知该说是悲伤还是害怕的情绪。因此我不时就会跑到母亲的枕边，或是到隔壁房间那些交头接耳的亲戚身旁。

然而，有一天晚上，我记得那是个闷热的夜晚。原本我母亲枕边随时都会有亲戚坐着看顾，但当天亲戚却都不在。我一坐下，玄关那边就传来木屐咔啦咔啦的声响。不久之后，一位医师提着小药箱走了进来，我还以为是山田医师来了。此时，医师面向母亲枕边，也就是我的右前方坐下，把白皙的右手放在母亲的额头上轻抚，一边看着我说："我昨晚也来过，没碰到你。"

医师用很和蔼的声音说。这个声音和说话略显含糊的山田医师不同，于是我端详了一下他的长相——这位医师的轮廓并不棱角分明，但脸庞白净，嘴边留着一点胡子。

“你这是大病，我帮你带了上等的药来，赶快吃吧。”医师说完，母亲小声地回答：“山田医师的药比较好，他的药我就愿意吃。”

我觉得母亲辜负了人家的一番好意，于是便开口说：“妈，既然医师都这样说了，您把药吃了吧。”

然而，母亲还是坚持：“我已经在吃山田医师开的药，不会再吃其他人的药。”

还把头别了过去。我很讨厌如此顽固的母亲。

“妈，别说这些傻话了。”

我讲完之后，医师看着我说：“那我把药备妥留在这里，再麻烦你喂她喝吧。把这些药喝下去，很快就会康复了。”

医师说完之后，把药箱放在腿上打开，从里面拿出了一些药，再把药包进纸片里。行灯的光线朦胧地照在他的腿上。我好奇这位医师会开什么药，便一直盯着他看。然而，我的目光突然被医师的右手无名指吸引——他的右手无名指有点弯曲，手指的外观和包药的手势，都和我那过世的父亲如出一辙。看到那只手指之后，曾几何时，我开始觉得这位医师就是我父亲了。

“是爸爸特地送药过来。”

我心中这么想着。“往生者送药来”这么神奇的事，我竟不觉得惊恐，可见我真的是很想念父亲。

不久之后，医师已把药备好，还包成一袋，放在母亲枕边的托盘上。

“我先告辞了，药由你喂她吃就好。”

语毕，医师静静地起身，走出拉门外去了。我满脑子想着那份药，于是便随即到母亲枕边，打开药袋。

“妈，您快起来。”

听了这句话，母亲不发一语，稍微张开了嘴巴。我连忙把药送进她口中，再拿起茶杯倒了一些水。母亲看了我一眼，说：“怎么了？”

“您吃了爸开的药。”我回答。

当天清晨，母亲的烧就退了；到了隔天傍晚，她已经可以喝粥了；两三天后，母亲就痊愈了。我说出父亲来过的事，大家都啧啧称奇。其实那天晚上，隔壁房间有三个亲戚在，但他们不仅没听见木屐声，连有人来过都不知道。只有母亲说她做了父亲出现在病榻前的梦。

红点鲑怪谈

众人觉得原本平静的青蓝潭水似乎突然动了起来，接着就看到一条白色的鱼，露出蓝色的背——一条约莫成人大小、令人毛骨悚然的红点鲑，竟翻起了白色鱼肚，无声地浮上水面。

有个来自村里的男人，从河边捡了块大小适中的石头，在岩石的凹陷处，把刚剥下来的树皮捣烂。他身旁还有五六个伙伴，忙着把捣烂的树皮搓成一团放进�篮，或把散落的树皮捡回来，放在男人手边。

这里是木曾御岳绵延的山区，两岸近逼的崖壁，夹着一条小小的溪谷。这边坡度还算稍微和缓，也有几条山路；彼岸的绿树像女人的一头乱发，披挂在如笋般的岩石上。岩石层层叠叠，巍峨耸立，偶有艳红的石楠花随处盛开。抬头可以望见溪谷上方狭窄一线的天空，悬着近午时分的溽暑艳阳，灿烂炫目；而谷底却如深秋般寒凉。

他们为了来溪谷的深潭处放毒饵捕鱼，一大早就从山下的村子来到这里，刮下花椒树皮，和白花八角、春蓼混在一起捣烂，制成毒饵。

“行了行了，这些量已经多到有剩余的了。”有个男人一边斜着倒了倒那个装毒饵的笳篱，一边这么说。

可捣烂的材料也所剩无几。

“那就先吃个饭，休息一下再开工吧？”

其中一人说了这句话之后，起身摊开双手，舒展着腰。

这七位同村伙伴找了一块平坦的岩石，围成一圈坐下来，吃起了便当。他们把各自从家里带来的便当留着，先伸手从放在座位正中央那个五升[①]饭锅里，拿出团子来大快朵颐。今天准备的，是炖煮过的黑色黍稷团子。大家一边吃，一边聊着捕鱼的话题。

“这里有很大个的樱花钩吻鲑喔！”其中一人刚开口说完，另一个人急忙把团子吞下肚，一边接话说：“这里的红点鲑才多呢！”

七人当中有一个人拿了团子，正准备放进嘴里时，发现一位身穿白色袈裟的和尚，来到他们身旁站着。

“怎么有个和尚？”

其他伙伴听到他的声音之后，才注意到有人，也都跟着望向和尚。背对和尚的人，还转过身仰望这位和尚。

和尚头戴扁莎斗笠，拄着竹杖，身上穿的白衣，

① 当时日本一升约为现在 1.8 升。译者注。

看来就像淡淡地染上了树木的翠绿。

“你们来这里做什么？”和尚用亲切而稳重的声音说。

“我们来放毒饵啊！”最先发现和尚，而且是众人中看起来最年轻的精壮男子说。

“放毒饵……是为了抓鱼而放毒饵吗？”

“是啊！”

“那可是杀生啊！若是钓鱼，上钩的至少是那些被鱼饵迷昏头的鱼，尚不至于造孽；放毒饵可是连那些无辜的鱼都被赶尽杀绝，这样不太好吧？”

没人开口回答，众人面面相觑。

“放下屠刀，回头是岸吧！鱼的一条命，和你们的性命一样宝贵。不论受害的是哪一种生物，凡剥夺生物性命者，都会遭到报应。劝各位回头是岸，回头是岸。我是出家人，不会说谎吓唬你们的。”和尚又接着说。

“话是这样说没错。嗯……”有个满脸涨红、额头窄短的男人，双手抱胸，撇着头说。

“说的也是。那我们就收手吧？”精壮男子右手边那位留着络腮胡的男人说。

“我们先吃饭，再一边考虑考虑吧！”坐在和尚眼前，转身往后看的那个男人说。

“大师，团子还很多，您也坐下来吃一点吧？”满脸涨红的男人说。

“是吗？那我就恭敬不如从命，吃一个团子吧。”和尚在一旁坐下，把竹杖放在身边。

坐在和尚前面的那个男人往旁边挪动身躯，让和尚进到众人围成的圈子里来。而坐在他右边那位涨红脸的男人，则是把饭锅拿到和尚面前。

“我就吃这些。”和尚拿了三个团子放在掌心，随后便把其中一个塞进嘴里咀嚼，再一鼓作气咽下肚。

精壮男子看到和尚这副吃相，不禁一阵莞尔，心想：“这和尚还真饿啊！”剩下的两个团子，和尚也同样放入口中咀嚼后，便一鼓作气咽下肚。

看到和尚开始用餐，众人也继续伸手拿团子吃，还用和尚听不见的音量，低声讨论着放毒饵的事究竟要暂停还是照旧。

“还是算了吧，和尚都这么说了。”精壮男人身旁那位缺了一颗门牙的大脸男人窃窃地说。

“才没有那回事咧！和尚随口说说的啦！”大脸的男人嘴角带着轻蔑笑意，低声回应精壮男子。

不久后团子被众人吃光，大家只好打开各自的便当，吃起了装在木餐盒里的粥饭。满脸涨红的男人在便当盖上装了一些煮得烂糊的糙米饭，又起身采了两三片山白竹的叶子摆在饭上，端到和尚面前。

孰料和尚竟没有拒绝，又吃起了这份餐点。精壮男子很好奇他会怎么吃，便悄悄地瞄了他一眼——和尚先将一口饭放入口中，再往后仰扭动咽喉，光看都让人觉得很难吞咽。然而，和尚真的就这么一口接一口地把饭送进了肚子里。男人觉得这和尚吃东西的方式很怪。

用完餐，众人走到溪谷边喝水。当中甚至还有人像狗一样，直接把嘴放进溪流里。而和尚也跟着这群村民走到溪谷边，趴在岩石边缘，一只手拉着斗笠帽缘，以免扁莎斗笠被水沾湿，接着又稍微把脸转过去，让嘴巴泡在溪水里。

“喂，到底要怎么办啊？”满脸涨红的男人拿出麻布，一边包裹着原本装团子那个饭锅，一边问道。

“哪有什么怎么办？动手啊！”留络腮胡的男人说。

“可是大师都已经那样说了哎？”满脸涨红的男人还在犹豫。

“天下有哪个和尚会叫人杀生啊？”大脸男人在一旁看着他说。

“话是这么说没错啦。”满脸涨红的男人说。

和尚循着岩石爬了上来。大脸男人一边留意和尚的动向，一边对留络腮胡的男人说。

“都准备到这种地步，已经无法收手了。”

和尚跟了上来，站在留络腮胡的男人面前，说：“你们还是打算放毒饵吗？”

“我们接下来才要讨论，看是要收手还是想其他办法。不过我们从昨天就开始准备，今天早上也是第二阵鸡啼[①]就起床来到这里……”留络腮胡的男人嘴上这么说，心里却对和尚说的话很不屑。

① 日本古代人们认为第二阵鸡啼是寅时。译者注。

“看来你是打算动手了。但杀生真的做不得呀！不管是鱼还是人，都想要活命啊！”

“这件事不是我一个人说了就算数，如果大家商量过后说要收手，那我就照办无妨。”

“求求您千万别杀生。今天你取了一条性命，改天一定会有报应的。”

“我会再和大家商量。”

“那我该告辞了。”和尚逐一望过周围每一个人的脸庞，答谢大家分享的斋食后，又再次强调“请各位千万别杀生”。

和尚静静地朝山路方向往上走去。和尚眼里的淡蓝色光芒，还在众人眼中摇曳着。

“那位大师究竟是从哪里冒出来的？”精壮男子问。

“总之是个乞丐和尚，以为这座山上有村落才跑来的吧？”留络腮胡的男人一脸嫌恶地说。

和尚的身影很快地隐没在群树的绿荫之中。众人凑在一起，开始商讨今天究竟是要收手，还是依计行事。

“要是你们不肯，我自己一个人动手也无妨。”留络腮胡的男人仍坚持己见。

几位本来还在犹豫的成员，听了他这番话之后，反而被推了一把，于是众人决定还是依计行事。他们脱光了衣服，拿着装毒饵的笳篱、装鱼用的竹篓和捞鱼用的网子，走进溪谷里。眼前约莫一坪大小的地方，溪水显得特别浑浊，于是这群村民选择把毒饵放进一处有小深潭的地方。

他们睁大眼睛，直盯着水面看。大概过了抽一根烟的时间后，五寸[①]大小的鱼儿，纷纷翻起惨白鱼肚浮上水面。这些都是樱花钩吻鲑。

“啊！这里浮起了一条鱼！”有人开口说。

手中拿着捞鱼网的人，俐落地捞起了那条鱼。这里有十条左右的小溪哥，宛如冒泡似的浮上水面。接着又有两条惨白的鱼浮了上来——身体瘦长，鱼肚偏黄，外观看来是鳗鱼。

“是鳗鱼，鳗鱼！”精壮男子开心地叫着。

捕捞到约莫十条樱花钩吻鲑和红点鲑之后，一行

---

① 约十五厘米。译者注。

人舍弃这一处深潭，往下游前进。刚才上游的毒水已有部分流到这里，五六条鳗鱼翻起了鱼肚，有气无力地游着。村民又在此处撒下毒饵，七八条樱花钩吻鲑和红点鲑半死不活地浮上水面。

他们一行人不断地往下游走，途中只要看到深潭，就停下来撒毒饵，再捞捕那些浮起来半死不活的鱼。

到了太阳渐往西沉、山谷里渐趋阴暗之际，这群村民发现了一处前所未见的大深潭。

“这里一定有很多鱼！”满脸络腮胡的男人说。他今天负责的工作，就是往水里撒毒饵。

他们加倍撒了更多毒饵。不久之后，先是有两三条红点鲑浮上来，接着是一条樱花钩吻鲑浮出水面。

“这片深潭这么大，药量不够啦！”大脸男人说。

满脸络腮胡的男人又撒了一些毒饵。有人手中拿着树枝，在水里搅拌了一下之后，不一会儿就有约莫一尺大小的红点鲑浮上水面。

“哇！来了！来了！”众人齐声说道。

手拿捞鱼网的人扶着岩石往前进，捞起了快要往下游流去的鱼儿。这时又浮起了三四条红点鲑，拿着捞鱼网的男人又准备动手捞鱼。

这时四下突然转为微暗，众人头上的树叶也开始沙沙作响，大颗的雨水啪啦啪啦地落在水面上。众人觉得原本平静的青蓝潭水似乎突然动了起来，接着就看到一条白色的鱼，露出蓝色的背——一条约莫成人大小、令人毛骨悚然的红点鲑，竟翻起了白色鱼肚，无声地浮上水面。

这时雨势下得更猛烈，山谷也变得更暗。

的确有人说过这一带的溪谷偶尔会有大型红点鲑现踪，但这条红点鲑，从头到尾可是有足足五尺长。村民一行人用藤蔓穿过大鱼的鳃，两个人才把它扛了回来。

当晚，有人提议要好好品尝这条大红点鲑，慰劳彼此一天的辛劳。于是他们借宿在其中一位伙伴家，准备好好料理这条鱼。而负责操刀的，就是满脸络腮胡的男人。

“要是我们听了那个和尚的话，收手不去捕鱼，那今天就无缘得见这样的大鱼了。”他蹲在地上，得意洋洋地说完之后，便拿起菜刀，剖开鱼肚。

精壮男人点燃火把，光芒照亮了砧板。满脸络腮胡的男人拿刀往鱼肚一剖，并伸手挖出鱼肚里的内脏。没想到鱼腹里竟有东西滚了出来——三个黍稷团子。它们像极了今天吃午餐时分给那个诡异和尚的食物，众人也吃下了同样的东西。满脸络腮胡的男人“呕”了一声，便往后一倒，失去了意识。

蟾蜍之血

阿让犹豫了一会儿，但随即想起刚才是从左边走进来，便转向左边走去。没想到周围突然暗了下来，他猜想这不是通往玄关的路，打算调头往回走。岂料身后竟是一堵冰冷的墙，根本回不了头。

I

三岛让离开了学长家。在这个满天雨云，似乎还有雨没下完的夜晚，除了视线昏暗之外，吸满雨水的地面湿滑，无法半跑半跳地加快脚步。再加上这里算是山之手的边缘地带，所以才刚过十点，街道两旁的住户都已熄灯就寝，四下一片阒然。也因为这样，阿让感觉路程似乎特别遥远。要是有车可搭的话，他其实很想搭车到电车站，可惜傍晚过来时已确认过，附近连个可能有车可搭的地方都没有，所以他又随即打消了这个念头。而在打消念头的同时，刚才拿来和学长商量的话题女主角，竟悄悄涌上心头。

“需要再查查女孩的身家背景。”学长的话言犹在耳。对法律系毕业的藤原来说，会认为“和来路不明的女孩同居，简直是乱搞”是很有道理的。但过去如何真有那么重要吗？女孩出生于本地的沿海小镇，行医的父亲在她三岁时过世，母亲再婚的对象是渔业公司的老板，她也就跟着在这个家长大。三年前母亲过世后，家里顿时失去了温暖，于是到了去年，她决定离家出走——这些应该也都是真的吧？血统的事我不是很懂，但应该也没什么大不了的吧……

阿让不经意地想起学长那句“找个女人真的有那么容易呀？”学长说完当下还笑了……仔细想想，学长会那样说，是因为阿让能和那个女孩在一起，还真是个偶然得近乎出奇的机缘。然而，从世人的常理来看，这件事根本司空见惯，丝毫不足为奇——在专心准备即将到来的高等文官考试之前，阿让去海边呼吸了五六天的新鲜空气。简而言之，就是一个年轻男子到海边玩，偶然结识了一个年轻女孩，当晚两人就结下了不解之缘。这种每天在报纸上都会看到的单纯事件，毫无奇妙之处可言。

阿让幽幽地想起结识女孩那天的情景——橙黄的夕阳余晖照在松原彼端，空气有如春日般潮湿，让人脸部、手指皮肤都变得有些湿黏，是个叫人昏昏欲睡的日子。他在一片沿着松原而立的麻栎树林间，循着小路穿梭。这是阿让来到这一片海边之后，每天早晚都会走的路。麻栎树叶已褪去鲜绿，在有风的日子里发出“沙沙”的声响。

麻栎树前方有一片尚称宽阔的耕地，田里有染上金黄的稻穗，也有白萝卜和葱的青翠。和麻栎树林平行流过此地的是里川，沿岸堤防边偶有些许垂柳生长，五六个人零星地在此垂钓。人数或许不尽相同，但这幅景象已成为阿让每天欣赏的风情画。在这些钓客当中，一定有一两个是来海边游玩度假的。这些人拿了旅社的大水桶充当鱼篓，仔细一瞧，会发现他们有时可以钓到一两条短小的鲫鱼，或是四五寸长的虾虎鱼。

阿让走来的这条路，其实有一个地方被里川截断。该处架了一座木板桥，上面还放了一些土。这座桥的右边，也有个男人拿钓竿站着钓鱼。男人的颧骨凸起，鼻子下方留着一撮像鞋刷似的胡子，臀部上方系着一条黑色棉纱的兵儿带[①]。看他的举止神态，似乎是个小学老师或员警。阿让偷瞧了那个放在他脚边的那个鱼篓一眼，里面有五六条虾虎鱼。

---

① 原为男性或儿童用的和服腰带，系法较传统腰带简单，现在也有女性使用。译者注。

“你钓到虾虎鱼了呀！”阿让用这句话向他打招呼。

“今天的天气很适合钓鱼，应该还有机会再钓到一些才对，可惜没上钩。”

“钓鱼果然还是要看天气的啊，您说是吧？”

“阳光太亮，连水底都看得一清二楚的日子，其实不太适合钓鱼。像今天这样，稍微有些云，才是最合适的。”

“原来如此。”

阿让望了一下天空——天上有几许薄云飘过，宛如网子的网目。他看过天空之后，原本打算往河堤方向走，但此时他往木板桥上看了一眼，发现有个年轻女孩站在桥的那一头，眼睛朝自己这里看。亮眼的紫色衣裳，上面有铭仙之类的华丽花样，裹着她那娇小的身躯，看来似乎是个女仆或学生。她那白皙偏长的脸上，有着一双黑色的眼睛。阿让只觉得她是个到附近别墅来度假的人，没有太多好奇，因此很快就把女孩的事抛诸脑后，朝堤防上游的方向走去。

他往前走了两町左右，左边已不再是耕地，换成了松原的红土台地。这里也有一座用两根原木并排而成的原木桥。阿让没过桥，而是往台地方向，踩着红土小步小步地往上爬。

接着他看到这里有棵古老的大黑松，浮根四处延伸，宛如地蛛伸长了脚。前一天和再前一天，阿让都坐在这棵松树的浮根下看杂志，所以这天他也和前一天一样，坐在熟悉的浮根上，往下游一望。和煦的阳光下，钓客们默默伫立，宛如画中人物。这时阿让稍微想起了刚才的那个女孩，便仔细找了一下，可惜已不见她的身影。

阿让下意识地拿出怀中的杂志来读，越读越觉得有意思，便把其他事全都抛诸脑后，心无旁骛地沉浸在阅读的世界里。他读的都是一些论说文，写的都是像“坚持主张缩减军备”“由威胁生存权衍生的社会罪恶面面观”“华盛顿会议与军备限缩”之类的标题。某位以撰著为业的知名思想家，写了一篇叫作《从身心俱疲的现实生活，走向哲学与宗教的世界》的评论。阿让才读到一半，便感到一阵郁闷，仿佛头被人按住似的。于是他先搁下杂志，抬头一看，才发现四下已是一片灰暗，或许是夕阳已西沉的缘故。阿让心想旅馆应该备妥了晚饭在等着他，打算把杂志收入怀中，踏上归途之际，突然看见右方不远一处长满草的地方，有个女孩坐在那里，双手抱膝，脚伸向前方低处，若有所思地低着头。从她的服装配色看来，就是刚才在木板桥畔看到的那个女孩。

阿让觉得奇怪，刚才那个女孩为什么到现在还待在这里？是跟他一样，一个人闲着无聊，所以才走到这里来散心吗？不过，看她垂头沉思的模样，说不定是有什么苦衷。要是走近她身边，或许会让人家觉得可怕，但阿让还是想关心一声。于是他站起身走了几步，却觉得悄悄走近好像心怀不轨、别有所图似的。阿让有点过意不去，便先轻咳了一两声，虚张声势地走过去。

女孩注意到了咳嗽声和脚步声，抬头望向阿让——果然没错，就是刚才的那个女孩。她并没有显露出惊慌的样子，但随即又把头别了过去。阿让虽被茱萸绊到了衣袖，但还是连忙走近女孩身边。女孩又把头转过来，露出姣好的脸庞。

“您要到哪里去？”

“我刚才才来到这里。”

女孩语带寂寞地说。

“您还不回下榻处休息吗？”

“嗯，我有点事。”

阿让突然想到，她说不定是在等人。

“时候也不早了，您又是自己一个人在这里，所以我才会开口关心一下。”

“谢谢关心。您住在附近的旅馆吗？”

“我五六天前就来到这里，住在那边一家名叫‘鸡鸣馆’的旅馆。如果您找不到其他可以下榻的旅馆，就到这家来吧！我姓三岛。”

“谢谢您。说不定会去找您帮忙，您说您姓三岛是吗？”

“是的，我叫三岛让。那我就先告辞了，您有需要的话就尽管过来。”

阿让和女孩道别之后，往前走了几步，但纤弱女子的态度令他挂心，猜想：“她该不会是报纸上常看到的那种预谋自杀者吧？”于是他停下脚步，从松树林立的暗处，偷偷地窥探女孩的动静。

女孩用双手捂着脸，看样子应该是在哭。阿让就这么一直望着那个女孩，连晚饭的事都忘得一干二净……

阿让猛然发现自己已来到了这条路的转弯处。正当他打算左转时，看见那里有一户人家的门口，在出口处种了一棵榉树，树后方的木围墙里，柱子上的门灯亮着。这盏灯罩着一个圆形的灯罩，灯罩外还裹着一层铁丝网。难怪柱子旁那两三棵看似空心苦竹的竹子，小小叶片一动也不动地站着。阿让不经意地看到灯罩内侧有个小黑点——原来是壁虎。这只壁虎不知道是不是发现了猎物，脖子伸得好长，看起来像拉长了五寸之多。阿让很好奇，停下了脚步。这时灯罩竟像地球仪般，一圈又一圈地旋转了起来。阿让觉得自己看了不该看的东西，便小跑步往左前进，忘了路上湿滑难走这件事。

Ⅱ

阿让一边走，脑袋里还为了刚才的怪事烦心。走着走着，心情也慢慢沉淀了下来。他心想当今世上根本不可能有那种怪事，一定是自己的精神状况不佳，才会看到那样的情景。不过，如果说那是因为精神状况不佳的关系，那自己今晚或许真的是不太对劲，说不定是发狂的前兆。想到这里，阿让不禁忧郁了起来。

在这样的郁闷之中，他甚至开始觉得自己根本不可能有任何偶然邂逅女孩的机会，一定是在诡异精神状况下所出现的幻觉。

不知不觉间，阿让走进了一条较为宽阔、明亮的路，心情也跟着轻松了起来。他想起有个女孩正殷殷地期盼着他回家。女孩像只小鸟，个性有点不拘小节。阿让脑中浮现“女孩单手撑着头靠在桌边，侧耳倾听玄关是否传来玻璃门拉开的声响，一边等着他归来”的景象。同时间，他也想起了今晚找学长商量的那件事——自己找个分租屋的二楼租下，和女孩同居。

“你将来早晚都要讨老婆，要是有喜欢的女孩，干脆结婚其实也无妨，但这件事未免太电光石火了吧？”

学长说完之后笑了笑，话中透露着善意。

对于那些专业讨好异性的女人，学长倒也不是没接触过，但和一般百姓家的处女发生关系这种事，他还真的没经验。他觉得即便女孩的情况再怎么特殊，这么轻而易举地就能赢得女孩芳心，简直像是在读童话故事。

“我也觉得很神奇，的确有一种在读童话故事的感觉。”阿让也想起了自己说的这句话。他也认为藤原说的话很有道理。

……女孩在阒黑的森林里，摇摇晃晃地迈开了步伐，不久后便经过阿让身边，往海边走去，但还抽抽噎噎地哭着。阿让心想女孩一定是打算自尽，便决定救人，可是也不能吓到那个女孩，于是他等女孩走远两三间的距离之后，才跨步向前走。

“喂，喂……”

女孩稍微回头，露出白皙的脸庞，但随即又快步向前走。

“我是刚才那个男的，不是什么可疑人物。您看起来好像有什么心事，所以我才想上前来关心一下，等等我呀！”

女孩又稍微回头露出白皙脸庞，但脚步并没有停。

“喂……请等一等！看来您真的是很心烦啊。”

他总算走到女孩身边，把手放在她的腰带上。

“我是刚才和您见过面的那个男人，名叫三岛。您看来好像心事重重。”

女孩很干脆地停下了脚步，但同时又双手掩面哭了起来。

“看来您好像有什么难言之隐。凡事好商量，您就尽管说吧！”

女孩只是不停地哭泣。

“在这里谈话不方便，不如到我下榻的地方去吧？我们回旅馆慢慢说。”

他总算牵到了女孩的手……

走着走着，阿让又转进了一条狭窄幽暗的路。他一心只想着赶快回到二楼的那个住处，让引颈盼望自己回家的那个女孩放心，便在这条脚尖必须向下才能往前走的斜坡上，三步并两步地快走。他仿佛已经看见那个纯洁文静女孩的模样，出现在他面前。

“……除非一死，否则这世上已无我的栖身之处。”

离家出走到东京之后，女孩在一两户人家当过女佣，后来认识了一位在私立学校当老师的女孩。最近在这位老师的介绍下，女孩到了某位富豪家打杂。没想到富豪找人来打杂其实别有用心，女孩上工的第二天，富豪就露出了真面目。于是她当天晚上就逃了出来，漫无目的地来到了海边——那天女孩边哭边这么说道。如今阿让的耳边，仿佛又响起了她的啜泣声。

阿让看了走在他右边的那个人一眼。这条路的右侧是一片崖壁，仅有一盏门灯亮着。走在右边那个人回头说："不好意思，请问搭电车是往这里走吗？"

那是个年轻女孩的声音。阿让觉得自己仿佛看到了她的朱唇。他稍微停下脚步，说："是的。沿着这条路一直走到底，再左转走一小段，就会看到一个可以右转的地方，转进去之后再一路直走，就是电车的终点站。我也是要去搭电车的。"

"非常谢谢您。其实我亲戚就住在附近，但这条路我没走过，总觉得好像不太对……能不能拜托您，让我和您结个伴一起走？"

阿让其实很不愿意和这个走不快的女孩结伴同行，但要拒绝又开不了口。

“过来一起走吧！”

“真不好意思。”

阿让迈开了步伐，但已不能像刚才那样快马加鞭地赶路。他无奈地放慢步调往前走。

“路况还真是不好呀。”

女人紧跟在阿让身后走着，一边用很有教养的口吻说。

“是呀，路况真的很差。您是从哪里来的？”

“我本来是搭山手线的电车来到这一带，后来听说市区电车的车站比较近，所以就改走到这里来了。我有时候会搭市区电车来找亲戚，但这条路倒是第一次走。”

“原来如此。不过话说回来，住在山手边上的人，还真的是很早睡呢。”

阿让说完之后，又不经意地想起那盏电灯的灯罩。他暗忖要是碰上那件事的是眼前这个女孩，那该怎么办才好。

“路上还真的是很冷清呢。”

“是啊，连我们男人都不太想走这种夜路，想必您更是觉得受不了吧。”

“嗯，是啊。我一直在想自己一个人该怎么办才好。虽然对方极力挽留我住下，但毕竟人家家里要忙着照顾病人。况且我觉得如果要过夜，还是到亲戚家住比较好，所以硬是辞谢了人家的挽留。刚走出来的时候，还觉得附近很多民宅有人醒着；可是来到这一带，突然觉得整个世界都变了。”

走过了又窄又暗的斜坡路之后，眼前这一区虽然面积不大，但左右两边有不少门灯。阿让往左转之后，稍微回头看了一下女孩——女孩的脸很小，妆化得很漂亮。

“就是这条路，这边就亮多了吧？”

“谢谢您，多亏有您帮忙。”

“接下来这段路就不会那么暗了。”

“嗯，接下来这段路我也很熟。”

“是吗？路况虽然不好，但亮的地方还是看得比较清楚。”

“您接下来要往哪个方向？”

“我吗？我要回本乡。你呢？”

“我要去柏木。”

“那还有好一段路要走呢！”

“嗯，所以我还在考虑要住亲戚家，还是再做其他打算。”

阿让心想这个女孩应该不是出身自教养严谨的家庭。女孩那仿佛带着幽香的气息近在咫尺，他虽感到一丝诱惑，但另一个女孩在家里手肘撑着桌子托腮、盼着他回来的模样，立刻打乱了这股诱惑。

“说的也是。时间这么晚了，您还是在亲戚家留宿一晚比较好，我送您过去吧！”

“这样实在是太不好意思了。”

“别客气，我送您一程吧。”

“那就麻烦您了。”

“您知道哪一户吗？”

女孩走在阿让的左边，和他并肩前进。

“我知道。”

右转的转角处有一家酒吧，从入口处的屏风侧边可以看到一件浅黄衣服的主体部分，但店里却是鸦雀无声，一片阒然。

“是往这边走吗？”

阿让指向转弯处。

“在下一条巷子转弯之后，再往前一点就到了。不好意思。”

“有什么好客气的？我们走吧！”

街上突然转暗，感觉就像是有好几个人一直监视着两人，又刻意关掉门灯似的。

“这附近有点暗呢。”

女孩的声音变得像蒙上了一层雾似的。

“是啊。”

女孩再也没说话。

Ⅲ

“就是这里了。”

阿让觉得自己像是被塞进一个很闷热的物体底部似的，听到女孩的声音才回过神来，停下脚步——眼前是个复古风的宅邸大门，亮着一盏如墨水晕开似的门灯。

"到了吗？那我就先告辞了。"

阿让开始挂心在租屋处等他的那个女孩，打算赶紧和眼前的女孩分道扬镳。

"不好意思，能不能麻烦您再走一小段，陪我到里面去？"

女孩露出了笑脸。

"里面吗？好啊，那我们走吧。"

左边有个小门，女孩走过去把手放在门上一推，门就静悄悄地开了。女孩打开门之后回头一望，等着阿让跟上来。

阿让走到门边，女孩把身体往旁边靠，帮忙挡着门，阿让轻碰着女孩的身躯进屋，女孩也跟着走了进来。门则是在女孩进屋后，又悄悄地关上。

"打扰了。"

淡淡月光照进屋内，阿让顿时像苏醒过来似的四处张望——院子里绿油油的草皮，宛如铺上了天鹅绒地毯；看似玄关入口处的拉门旁，有个亮着灯的地方，那里种着一棵树，垂挂着满树看似凌霄花的金茶色花朵。阿让觉得有一股甜腻刺鼻的味道飘进鼻腔，不知道是不是这些花的香气。

“这里是我姐姐家，请别客气。”

阿让心想这下子要是被请进屋里，那可就麻烦了，于是便说：“我待在这里，您请进屋，等您平安进去之后我就马上告辞。”

“和我姐姐打声招呼嘛！不会占用太多时间的。”

“我还有事。”

“稍微停留一下应该无伤大雅吧？”

女孩说完后便走向玄关，再绕过那棵垂挂着花朵的树走向彼端。阿让呆立在原地不知如何是好。

耳边传来女孩对屋里说话的声音。听着这一串声响，眼前这片入秋后仍绿油油的院子，抚慰了阿让的心。

耳边又传来女人娇滴滴的声音。阿让猜想这应该就是女孩口中的姐姐，便抬头一看——不远处有个看似内玄关的地方，有一扇格栅门敞开着，里面透出银色的灯光。除了刚才那个女孩站在格栅门旁之外，还有个高挑的女人在进屋处背光而立。

阿让心想：“刚才玄关看起来明明很远，难道是眼睛的问题？”他又想起灯罩一圈又一圈旋转的事，觉得今晚一定有什么不对劲，一边望向繁花垂挂的那棵树。孰料那些花朵竟像是旋转机器般，一圈又一圈地转了起来。

“姐姐都已经开口说了，请您务必进屋坐一下。”

女孩走回来站在阿让面前。阿让觉得自己当下看到女孩时的感受，就像是塞住的喉头好不容易恢复畅通似的。然而他的脑袋已经一片空白，没有余力多想，于是就像是被吸了过去，径自走向亮灯处。树上开满了整片金茶色的花，兀自静立。

“来来来，快请进。舍妹给您添麻烦了。来来来，这边请。”

不知不觉间，阿让已经来到了玄关前。一位身材高挑，扎成马尾的发丝又黑又多，脸庞如蜡像般细致的绝世美女，倚着拉门把手伫立在此。

“感谢您的邀约，但我今晚真的有点赶时间，得先告辞了。”

“哎呀，别这么说，请进来小坐片刻，让我们帮您泡杯茶就好。”

“谢谢您的好意，但我真的有点赶时间。”

“是不是有人在等您？稍微小坐一下就好。”

女人眼中泛起了泪光。

“请您进来稍微小坐一下嘛！我们都不是见外的人。”

站在阿让身后的女孩说。

“这样啊？那我就叨扰一下子好了。”

阿让无可奈何，把原本用左手拿的帽子换到右手，摆出准备进门的姿态。

“来来来，快请进。”

女人离开了拉门，往远处走去。阿让走进脱鞋处，接着再登堂入室。拉门旁站着一个年约十七八岁、梳着岛田髷发型的打杂女佣，准备过来接下阿让的帽子。阿让下意识地把帽子交给她，还跟在她身后，茫茫然地往前走。

Ⅳ

客厅里有一张罩着印度花布的桌子，还摆着五六张涂成朱红色的中国风大椅。刚才先进屋的那个女人身穿华丽细丝绉绸外衣，背对着阿让，手放在其中一张椅子上。

“您请坐。”

阿让走到椅子旁。女人也拉了椅子，在阿让的斜对面坐下。阿让见状，也只好跟着把椅子略往左转才落座。

“幸会，我叫三岛让。”

阿让才一开口，女人就举手打断他的话。

“您也真是的，我们彼此都别再做这些客套的事吧！我就是这么一个单身的老太婆，如果您不嫌弃的话，请把我当您的朋友。”

“我才是，以后要请您多关照。”

刚才接下阿让帽子的女佣拿着半月形托盘，上面放着两个杯子和一个上有开口和提把、看似竹筒的壶走来。

“拿过来。”

在女人的指挥下，女佣把托盘放到两人之间的那张桌子上之后，便打算退下。

“小姐怎么了？”

女佣转身答话：

“小姐说她身体不太舒服，稍后马上过来。”

“跟她说要是身体不舒服的话，我来招待客人就好，她好了再过来。”

女佣鞠躬之后，又开门走了出去。

“我准备了一点小东西来代替茶水。”

女人把手伸向壶上的提把。

“请别客气，我真的马上就要告辞了。”

“哎呀，有什么好客气的？我们都不是见外的人，您就多坐一会儿吧。只要您愿意，我这个老太婆到几点都奉陪。”

女人把壶中的液体倒进两个杯子里，再把其中一个拿到阿让面前——杯中的液体呈现出有如牛奶般的颜色。

“来来来，快请用，我也陪您喝一点。”

阿让打算赶快喝一杯，应酬一下就打道回府。

“那就只喝一杯。”

阿让拿起杯子喝了一口。杯中的饮料喝起来有甜味，略带一点苦艾酒的味道。

“我也陪您喝一点，您尽管喝。”

女人也拿起了杯子，浅尝了一点。

“感谢您盛情招待，我今天真的有点急事，请容我喝完这杯就先告辞。”

“别这么说嘛！都这么晚了，还能有什么急事呢？偶尔晚点回去，让她心急一下也好呀。”

女人拿着杯子，抬着下巴笑了。阿让也无可奈何地笑了笑。

“来来来，再多喝一点吧。”

阿让把杯中剩下的饮料一饮而尽，放下杯子之后，便起身离座，说：“感谢您的盛情招待，我是真的有急事，先告辞了。”

女人像是把杯子丢到桌上似的用力放下，起身把双手轻轻按在阿让的肩上。

“哎呀，舍妹也会过来问候，您就再多待一会儿嘛！”

阿让的身体感受到一股香气浓烈而温暖但令人屏息的压迫，全身动弹不得。女人身上涂抹的香料，将男人的魂魄带往了飘渺的世界。

“是谁啊？现在没什么事，到那边去吧。”

听到女人的声音，阿让才回过神来。阿让的脑海中，又闪现了那个在盼着他回家的女孩。阿让站了起来，女人则是回到了原本的座位坐下。

“哎呀呀，您可别讨厌我这个老太婆呀！”

女人露出娇艳的笑容。阿让心想：“现在不一鼓作气走出去，又要有好一段时间走不了了。”

“那我先告辞了。”

阿让往有门的那个方向飞奔过去，匆匆开门走了出去。

走廊上有个梳着丸髷发型的中年女人，一把抱住阿让，挡住了他的去路。

“你是谁？请你放开我，我在赶时间！”

阿让想甩开中年女人，却一直甩不掉。

“哎呀，请您留步，我有话想跟您说。”

阿让无计可施，只能站在原地。他心想莫非那个女孩也会跟着出现，小心观望了一下，但似乎没有这个迹象。

“有点事想和您谈谈，请您到这里来一下好吗？耽误一下就好。”

中年女人松开了手，但并没有退下。

“什么事？我要赶时间，本来打算不顾这位太太拦阻，就直接逃回家。有什么请你快说，究竟是什么事？”

“在这里不便透露，请您移驾到另一个房间。耽误一下就好。”

阿让心想，与其再继续相持不下，不如就给她一点时间，听听她有什么话要说。

“如果就只耽误一下的话，倒还可以听听。”

“真的只要耽误一下就好，请您到这里来。”

中年女人迈开步伐往前走，阿让便跟在她身后走去。接着她打开了隔壁房间的门，走了进去。

这个房间里，除了靠着眼前墙壁摆放的一张椅子之外，还有五六张形状各异的椅子，远处则挂着一块蓝色的布幔。看来这是一间寝室。

“来来来，这里请坐。”

中年女人指着门口附近的一张椅子说。阿让匆匆地坐下。

“什么事？”

中年女人走到椅子前站定之后，竟笑了起来。

“别那么凶嘛！”

“到底有什么事？”

“哎呀，说话别这么冲嘛！您应该已经明白我家夫人的心意了吧？”

“什么心意？我不太明白。”

“别把话说得这么绝嘛！夫人一个人很寂寞，今晚就请您陪陪她吧。您也看到了，她的钱多到令人咋舌，到时候看您想做什么都可以。”

“不行，我现在另有想做的事。”

“只要您想，做什么都行喔。您就照我说的话做吧！”

“那可不行。”

“您还真是个无欲无求的人呢！”

“我再怎么样都不能做这种事。”

“夫人论姿色有姿色，这样的美人可是世上难寻呀！这样不是很好吗？您就照我说的话做吧！”

“这件事恕难从命。”

中年女人伸手抓着阿让的一只手。

“哎哟，您别这么说嘛！听我一声劝，我们到那边去吧。这件事对您是百利而无一害啊！”

阿让寸步不移。

“不行，我不喜欢这样。”

“这有什么不好？不听老人言，吃亏在眼前啊！”

阿让开始觉得不耐烦了。

“就是不行。”

他挣脱了抓住他的那只手，像是在斥责中年女人似的。

“你还真是无情啊。”

房门突然打开，有个矮小的老太太小碎步走进房里。她的头发全白，双眼如鱼般黯淡无光。

“你这是怎么啦？”

“我不要！不管你怎么说我都不会答应！”

“哎呀，还真是个爱找麻烦的家伙。”

“有只野狐狸精缠着他，难怪他不肯就范。”

中年女人语带嘲讽地说，而阿让却充耳不闻——

他撞开了中年女子，直冲门外。房里传来老太太凄厉的笑声。

V

阿让打算逃往玄关方向那个铺着榻榻米、拉门紧闭的和室房间，于是他沿着走廊往左快步地走。这条走廊上流泻着如间接照明似的昏暗灯光，而在这昏黄的灯光下，有着令人毛骨悚然、张牙舞爪的幢幢黑影。

阿让怀着无尽的不安往前走。走廊尽头房间的墙两侧又分成左右两条路。阿让犹豫了一会儿，但随即想起刚才是从左边走进来，便转向左边走去。没想到周围突然暗了下来，他猜想这不是通往玄关的路，打算调头往回走。岂料身后竟是一堵冰冷的墙，根本回不了头。阿让大感惊恐，停下了脚步。他搞不清楚哪里才是来时路，但看到一处像从采光窗透进来的黄色灯光。光影不大，长约莫一尺四五寸，宽七八寸。阿让别无他法，只好朝着窗的方向走去。

这扇窗大约和阿让的颈部同高。阿让把脸紧贴在玻璃窗上，窥看窗子彼端——一幕诡异的光景，映入了阿让的眼帘。在一处看似黄色土间[①]的地方，有个貌似大学生的少年被困在椅子上，身上用蓝绳捆了一圈又一圈。而站在他身边的，是夫人的妹妹，也就是和阿让结伴走到这里来的那个年轻女孩，还有刚才在一旁打杂的女佣。这两个女孩似乎在轮流教训那位少年，但少年却紧闭双眼，全身瘫软。

阿让看得目不转睛，直盯着这一幕。这时耳边传来了女佣的声音：

“你这个人未免也太嘴硬了吧？为什么就是不肯说好呢？你再怎么顽强抵抗也没用，给我赶快点头说好！你再怎么说不要都没用。趁着还没尝到皮肉之苦，活受罪之前，赶快点头说好，让夫人好好宠爱你一下，不是很好吗？快给我说好！”

阿让仔细看了看少年的脸，发现他已全身瘫软，

---

① 日本传统建筑中的空间规划之一，虽在建筑物内，但未铺设地板，高度等同地面，人会穿着鞋在此空间活动。早期日式家屋的厨房多为土间，现代则可在进屋脱鞋的玄关处看到土间。译者注。

嘴唇一动也不动，甚至连眼睛都没张开。这时阿让又听到那个妹妹的声音：

“你以为顽强抵抗就会放你回去吗？你太天真啦！只要被我家姐姐看上，再怎么样都不会放你离开这栋房子。你真是太傻了，我们这么苦口婆心地劝你，你还这么冥顽不灵。”

“你觉得顽强抵抗就能回去，实在是太可笑了。你真傻，是想被我们蹂躏之后，变成饲料吗？”

女佣露出令人不寒而栗的笑容，看了看妹妹的脸。

“我们倒是无所谓，但这个人还真是可悲啊！为什么要这样顽强抵抗呢？你再劝他一次看看，如果他还是抵死不从，就去找姥姥来，请姥姥让他把药喝下去。”

接着阿让又听见女佣对少年说话的声音。

“我说你啊，我们想说的话，你应该都很明白了吧？只要被夫人看上，不管你再怎么顽强抵抗，都是走不出这个家门的。与其如此，你还不如乖乖听夫人的话。好好听她的话，你就可以在这偌大的宅邸里，过着像皇帝般的生活呀！你可以什么都不做，多好啊？我不会害你的，快点头说好吧！可以吗？快给我点头说好呀！”

少年依旧没有回话，一动也不动。

“不行啦！去叫姥姥过来，这样根本不是办法。”

妹妹一声令下，女佣便走出了房间。

妹妹目送女佣离开，直到女佣的身影从视线范围消失，才绕到少年身后，双手轻放在他的肩上，似乎是低声地对他说了些什么，但阿让完全听不到。

女孩把自己白皙的脸庞凑到少年的左脸颊上，接着还用自己的朱唇吻上他的脸。少年的眼睛一直没张开过，宛如死人。

这时，有两个人走了过来——是刚才的女佣和鱼眼老太太。把嘴唇凑到少年脸上的妹妹见状，迅速地远离少年身旁，站回到原来的位置。

“看来又要大费周章了。看不出来他这么嘴硬。”

老太太用右手拎着一只活蟾蜍的双脚。蟾蜍身上长满了疣突。

“真的很嘴硬呐。”

妹妹看着老太太说。

“如果决定喂他吃这种药，就不用这么麻烦了。要怎么做，就选一个方法吧？”

老太太的左右两手，各抓住蟾蜍的一只脚之后，女佣便走到她的面前，手里还拿着一个杯子。接着女佣把杯子放到老太太抓的那只蟾蜍下方。

老太太发出一声低吼，把蟾蜍腿往左右一拉，蟾蜍尾巴立刻裂成两半，血沿着伤口滴进了杯子里。浅红的液体，就这么血淋淋地累积在杯底。

“姥姥，这样够了吧？这些量和平常差不多了。”

负责拿杯子的女佣，把这杯血拿远之后说道。老太太也从上方仔细看了看杯内。

“我看看。嗯，说的也是，这样应该就够了吧。”

老太太把蟾蜍丢到脚边，接下了杯子。

“如果喝了这帖药还是不行，那就没办法了。大家把他蹂躏一下，再做成饲料吧！呵，呵，呵。”

老太太露出缺牙的牙龈笑了笑，然后走到少年身边，单手指尖塞进他嘴里，轻松地稍稍扒开他的嘴，把杯中的血倒了进去。接着，少年竟深深地吐了一大口气。

阿让被这些无尽诡异的恐怖景象吓破了胆，心想一定要设法逃出去，便离开了窗边，在黑暗中往反方向走去，而那里依旧矗立着一堵冰冷的墙。他心想："既然这栋屋子里都没设窗户，屋里到处都是相连的走廊，应该不至于没有窗户才对。"他摸着墙往左走，没想到前方有一处看似洞穴、没有墙壁的地方。阿让认为这就是刚才进来时所走的路，便从这里钻了出去。

眼前洒落几许朦胧的淡淡白光，前方看出去就是偌大的院子——阿让一阵欣喜，心想这就算不是玄关，只要能到室外，就不至于回不了家。前方有两三级通往院子的向下台阶，阿让一鼓作气地踏了上去。

有个中年女子从左方走来。她单手提着一个大水桶，看起来岁数和那个在走廊一把搂住阿让的女人差不多。阿让心想不能被发现，便悄悄往后退回出口，站在一根柱子后面。

胖女人正好来到阿让前面，放下了水桶，朝院子吹起了类似召唤狗儿的口哨。院子里有一片宛如天鹅绒般的翠绿草坪。胖女人的口哨声一停，整片草坪就动了起来。阿让这才看见，草坪里藏着成千上万的小蛇，颜色有蓝有黑。它们扭着身子，爬到了女人的面前。

女人见状，便把手伸进水桶里，抓出里面的东西往前扔。阿让看不出那是什么肉，总之是活生生、血淋淋的肉片。这些蛇长长的身躯彼此交缠、蠕动，就像毛线纠缠在一起似的。

阿让觉得一阵晕眩，转身逃往屋内。没想到他又被一双柔软的手搂个满怀。

“你知不知道我找你找得好辛苦呀！你跑到哪里去了？”

阿让全身发抖地看着对方——搂住他的，就是那个中年女人。

VI

“你呀，真是个爱闹脾气的孩子。这样顽皮耍赖，我可是会很伤脑筋的。快到这里来吧！”

中年女人握紧阿让的双手往前拉。阿让无论如何，就是想赶快逃回家。

“让我回去！我有重要的事要办，不能待在这里。让我回去！”

阿让想甩开女人的手，但就是甩不掉。

“别再说那种办不到的事了。你那件重要的事，不就是有个女人在租屋处等你回去而已吗？”

“不是的。”

“认了吧！我清楚得很。你根本不知道我家夫人比你的那个女人强多少倍。你还真的是个无欲无求的人呢。这边请吧！就算你再怎么逃，这次我绝对不会再放过你了。这边请吧！”

女人使劲拉着阿让的手，他的身体简直就要被拉散了。

“请你放开我！”

“不行喔！你怎么能说这么没有男子汉气概的话呢？”

阿让被拉进了一个房间里——是最初那个挂着蓝色布幔的房间。

“你都不知道夫人等你等多久了。这边请吧！”

中年女人松开了一只手去卷布幔，还硬是把阿让的身体拉进布幔里。

房间里的正中央有一张床，那位美艳的妇人坐在床边，双眼直盯着刚进门的阿让看。这个房间里，有三面都摆着不知算屏风还是算隔板的东西，上面画着色彩浓艳又诡异的图。

“总算抓到你了。你真是个爱闹脾气的孩子。”

中年女人把阿让拉到了妇人身旁，硬是押着他来到妇人对面的床边，想逼他坐下。

“请你放开我！我不行，我还有事，我不愿意！”

阿让想甩开中年女人的控制，却怎么也甩不开。

“不行喔！再怎么样我都不会放开你的。你别再说那些傻话了，乖乖听话嘛！你还真是个小傻瓜。”

妇人的眼睛紧盯着阿让的脸不放。

“老实点，别再乱闹脾气，好好陪陪我们夫人喔。”

中年女人强押着阿让在床边坐了下来。

阿让无可奈何地坐下，可是再怎么想逃都逃不掉。他想设法让对方松懈，再趁机逃走，但脑中一片混乱，怎么也冷静不下来。

“您不必那么急嘛！在这里待久一点不是很好吗？”

中年女人松开阿让的手之后，妇人便把自己的手轻轻地放了上去，想把阿让稍微拉过来一点。

“不好意思。”

阿让挥开她的手站了起来，穿过中年女人身旁逃跑。

“这个蠢蛋，还想做什么！”

中年女人的声音响起之际，阿让从身后被逮住。他拼命地挣扎，想设法逃脱，但就是甩不开这双手。

“夫人，您说该怎么处置呢？这个愚蠢的家伙，还真是拿他没办法呢！”

中年女人话刚说完，就听见妇人的回应。

“把他抓到这里绑起来。他被野狐狸精缠住了，才会这么难应付。”

妹妹和年轻女佣加入战局。女佣手上拿着一条很长的蓝色绳子，和绑住少年的那条绳子很像。

“要把他绑起来吗？”

“要把他绑到夫人的房间去呀！”

中年女人一边说着，一边用蛮力把阿让往后猛拉，阿让就这样被往后拖行，脚步踉跄。

“把这个蠢蛋给我五花大绑，丢到床上去。我有个东西想让他瞧瞧，看完之后，我再来好好蹂躏他一番。”

妇人站在房间里。这时阿让正被蓝色绳子五花大绑，绳子一圈一圈地缠着他的身体。

“我来负责把他放到床上去。不过呢，等一下夫人蹂躏过后，就要换我来教训他。”

中年女人呵呵地笑着，一边轻松地把阿让抱起，放到床上去。阿让拼命摆动身体挣扎着，却还是徒劳无功。

“把那个野狐狸精带出来，我要先教训她。”

妇人一边说着，一边坐回床沿。阿让眼前瞬间一片黑暗，什么都看不见。他被摆成了仰卧状态。

女人们的吱喳笑语在他耳边传响。阿让觉得自己的身体承受着一股诡异的压迫。接着不知道过了一小时还是两小时，总之过了一段异样的时间之后，他的头被扭向了某一个方向。

“你这个傻瓜，给我仔细看清楚，我就让你看看你喜欢的那只野狐狸精。”

这是妇人的声音。阿让睁大了眼睛，看见中年女人站在眼前，手抓着一个年轻女孩的脖子——是留在租屋处等他的那个女孩。阿让马上想跳起来，可是身体却动弹不得。他激动地扭着身躯。

“就让你看着我好好教训这只野狐狸精。最坏的就是她。”

听了妇人这番话，中年女人更用力掐紧了年轻女孩的脖子。没想到，女孩竟转眼间就变成了一只红褐色的野兽。

“这么漂亮的女孩要死了，你都不伤心吗？”

阿让眼前蒙上了一层永远的黑暗。女人们的笑声，在他耳边传响了好一阵子。

令人毛骨悚然的暖热舌头，从阿让的嘴边一路舔到了脸颊。

高等文官考生三岛让，几天前自称要到海边旅行，离开了租屋处之后，便音讯全无。在他亲朋好友的追查之下，某天报上刊出了一则小篇幅的报导：三岛让陈尸在早稻田地区的一处空屋内，死因不明。

置行堀

起初金太脑子里还记得妖怪的事，随着鲫鱼接连上钩，他也忘了这些琐事，铆足劲拼命钓鱼。直到附近寺院的钟声传来，他才回神抬头。此时初十的月亮，已升到池塘西边的芦苇叶上。

从本所[①]的御竹藏[②]往东走，碰到第四条路，有个原本是成衣厂的地方，如今已成了一座灵骨塔。这里附近有个大池塘，它正是本所七大不可思议之一的“置行堀”。这个池塘里有很多鲫鱼和鲶鱼，也有人去钓。只不过当钓客钓了一天的鱼，准备打道回府时，不知何处总会传来“留下它，留下它……”的声音。据说胆小的钓客会从鱼篓里把钓到的鱼倒出来，然后赶紧落荒而逃；胆大的钓客则会认为是风吹草动之类所造成的错觉，而就在他们打算不以为意地踏上归途时，怪事就发生了——有时是三个小孩或一个小孩，有时是辘轳首[③]或独脚伞妖[④]出现，挡住钓客的去路。这时就算钓客再怎么大胆，也会全身发抖地丢下鱼，甚至连鱼篓和鱼竿都不要，连滚带爬地逃回来。

有个很爱钓鱼的年轻人，名叫金太。他听说置行

① 东京墨田区的地名。译者注。

② 江户时代幕府用来储放木材等建筑资材的地方。译者注。

③ 日本鬼怪故事中常见的长颈妖怪。译者注。

④ 自江户时代起，常出现在大众娱乐作品中的妖怪。译者注。

堀有很多鲫鱼，便决定过去小试身手。途中走过两国桥时，他遇见了一位认识的老人。

“哎呀，金哥要去钓鱼啊？去哪里钓啊？”

“去御竹藏的池塘啊！不是听说那里今年有很多鲫鱼吗？”

“那里应该有不少鲫鱼和鲶鱼，但那里去不得。那里有妖怪啊！”

金太也曾耳闻置行堀的恐怖故事。

“要是妖怪出现，我就顺便连它们一起钓吧！以现在的行情，如果我能钓到一只伞妖，保准能卖个好价钱。”

“还谈什么价不价钱的？要是它吸住你的头，那该怎么办啊？你要钓鱼的话，还是到别处去吧！那种邪门的地方，还是少去为妙。”

“开什么玩笑？我没问题，我有神田明神保佑。”

“那你就去吧。不过，可千万别待到天黑啊！”

“要是钓得到鱼的话，今晚还能在那里赏月呢！”

“我是说真的。你可别不听老人言，小心吃亏在眼前啊！”

“嗯，我会小心的。”

金太笑着向老人道别，继续往池塘前进。来到池塘附近时，午间微风吹得芦苇叶沙沙作响。起初金太脑子里还记得妖怪的事，随着鲫鱼接连上钩，他也忘了这些琐事，铆足劲拼命钓鱼。直到附近寺院的钟声传来，他才回神抬头。此时初十的月亮，已升到池塘西边的芦苇叶上。

金太收起手边的三根钓竿，卷起钓线，再拿起泡在水里的鱼篓。鱼篓里的鱼，重量逾一贯两[①]。

“真重啊！”

金太一手拿着钓竿，一手拿着鱼篓。这时，不知从何处传来了人说话似的声音。

“留下它，留下它……”

金太停下了准备离去的脚步。

“留下它，留下它……”

金太突然语带轻蔑地说：“你在说什么鬼话？别开玩笑了！去吃屎吧！”

---

① 古代日本重量单位，一两是 3.75 克，一贯两是一千两，约等于 3.75 公斤。译者注。

金太快步往前走，孰料这时又传来“留下它……”的声音。

“又来了！你到底在说什么鬼话？我怎么可能留下这么肥美的鲫鱼？别开玩笑了。管你是狸还是狐，看不惯我把鱼带走的话，就变个独脚伞妖来看看啊！”

金太觉得浑身不对劲，不敢停下脚步。这时，有东西翩然出现在金太眼前——它貌似人类，但不是独脚伞妖。

“怎样？”

幽微的月光，映照着野篦[①]那张既没眼也没鼻的苍白脸庞。

“是我啊，金太兄。”

金太顿时慌了手脚，但还是力持镇定。他拔腿就跑，还不忘抓紧鱼篓和钓竿，以免把这些战利品留下。而那一声声“留下它……”，还不断地从他身后传来。

“说什么鬼话！”

金太一路向前狂奔，总算远离了池塘边。这时，

① 日本古代传说中常出现的妖怪，外形像人类，但脸上没有眼、口、鼻。译者注。

金太发现了一家茶馆，刚才来的时候都没注意到它。这家茶馆的出现，让金太顿时松了一口气。他毫不迟疑地走了进去。

“来人啊，能不能给我来杯茶？”

茶馆里点着有如行灯般微暗的灯。有个老人冷不防地从土间一隅走了出来。

“欢迎、欢迎，请坐啊！”

金太把钓竿竖着放在门口，走到土间旁的位子坐下，并把手上的鱼篓放在脚边。老人紧盯着金太猛看。

“您去钓鱼回来啦？”

“是啊！我去那边的池塘钓鱼。老伯，我看到怪东西了。”

“什么怪东西？”

“妖怪啊！既没眼也没鼻的野篦。”

“啊！既没眼也没鼻的野篦？是不是像这样？”

老人一边说，一只手跟着滑过脸庞。说时迟，那时快，老人竟变成了脸上既没眼也没鼻的野篦。金太尖叫着逃离现场，鱼篓和钓竿就这么留在原地没带走。

诡异的行脚僧

和尚把右手伸进了地炉的火堆里，主人猜他应该是想让屋里变亮，所以正在设法让余烬复燃。说时迟，那时快，屋里竟突然大放光明——因为和尚右手的每一根手指，全都着火烧了起来。

这是一则发生在武藏国川越藩[1]三町地区的故事，不过内容一定参考过中国的鬼怪故事。

事情发生在一个寒风凛冽的夜晚。三町某一户农家的门前，有一位行脚僧敲了敲遮雨板，想在这里借宿一晚。可是，这户农家已准备就寝，况且这家的主人本来就很冷漠，一开始就假装已经睡着，拒不应门。然而，行脚僧却迟迟不肯离去，农家主人便像是要把他骂跑似的说："我们已经睡了，你去拜托别人吧！"

"我想也是。不过天色已晚，我既不认得路，又弄伤了脚，连一步都走不动了。能不能请您行行好，让我在院子里找个角落住一晚？"行脚僧用疲惫不堪的声音说。

农家主人没有回答。

"天色已经这么暗，就算要到别处去，我也找不到路。况且我的脚已经痛得寸步难行，拜托您发发慈悲……"行脚僧还留在原地不动。

---

① 位于今埼玉县川越市。译者注。

农家主人无可奈何，愤愤不平地起了床。

“……都说我已经就寝，叫你去别人家了，你还真是个冥顽不灵的人呀！”主人打开门，在黑暗中探头往外一看，接着说：“我家可是没被子、没食物，什么都没有喔！”

“没关系，只要给我一个地方睡就够了。”

行脚僧走进玄关，伸手解开斗笠，脱下草鞋，进到屋子里。屋内正中央的地炉还没完全熄灭，留着些微的火光。行脚僧走到地炉旁坐了下来，但农家主人丝毫没做出任何款待的举动。

“你就睡在那里吧！我也要睡了。”农家主人打算就这样走回房间。

“请问有没有灯火？”行脚僧开口说了这句话，像是刻意要叫住农家主人。

“我一开始不就说了吗？什么都没有！”

农家主人没好气地撂了这句话之后，便用力地关上拉门，钻进被窝。但他心里还是有点在意和尚的动静，便从枕边的拉门破洞往外窥看。

在地炉的火光映照下，农家主人只朦胧地看见和尚的头。和尚把右手伸进了地炉的火堆里，主人猜他应该是想让屋里变亮，所以正在设法让余烬复燃。说时迟，那时快，屋里竟突然大放光明——因为和尚右手的每一根手指，全都着火烧了起来。农场主人吓得差点没晕过去，他的身体已经完全动弹不得，只能一边发抖，一边继续窥探和尚的动静。

那个诡异的行脚僧，竟又用左手握拳，冷不防地塞进自己的鼻孔里，不一会儿就把整只手臂都塞了进去。随后和尚又把手抽出来，动了动鼻子。农场主人以为他要打喷嚏，没想到他的鼻孔里，竟突然像蝗虫过境般，飞出一群两三寸大小的人偶，一个个排在榻榻米上，总数少说也有两三百个。行脚僧见状，便用下巴发了个指令。接着，人偶竟个个都拿锹挥舞，在屋里耕作了起来。耕完地之后，人偶又不知从哪里引来水源，屋里瞬间成了一片货真价实的水田。这群人偶又在水田里播种，种子很快地就发芽成长，还长出了叶子，稻茎也越长越高。接着田里又开出如白粉般的小花，结实累累，并转黄、成熟。人偶又拿起镰刀收割、打谷、脱壳，最后再倒进畚箕里过筛，转眼间就变出了好几升的米粮。

人偶的工作告一段落之后，行脚僧就把它们全都聚拢，再张大嘴巴一口吞下肚。接着他又对着院子说“过来，过来”，于是原本摆放在院子角落那口炉灶上的锅子，和一个装着水的水桶，就像是长脚走路似的，摇摇摆摆地来到行脚僧的身边。

行脚僧在锅子里放了米和水，再把它挂到地炉的钩子上。接着他又反复屈伸左右两脚，用脚碰触炉缘[①]。于是不知何时来到和尚身边的柴刀，乒乒乓乓地剁着他的膝关节，简直就像是在砍柴似的。和尚把剁下来的东西送进地炉里，炉火竟立刻烧成熊熊烈火，饭锅里很快就沸腾了。行脚僧剁下鲜血淋漓的腿，神态自若地丢进地炉后，又观察了一下火力。这时米饭已经煮熟，和尚把锅子从炉火上拿下来摆妥，用手抓饭吃了起来。

把饭吃光之后，行脚僧拿起水桶里的舀水杓，喝了一口水，但并没有全部吞进喉咙，而是把多余的部

① 地炉四周的木板。译者注。

分吐在地炉的炉火上。结果，地炉马上化为一滩泥塘，积了一池满满的水，还有莲花叶一片片地浮出水面，最后竟瞬间开出了满池的红、白莲花，许多青蛙都聚集过来，热闹地齐声合鸣。

早已吓得魂飞魄散，还目睹了这段过程的农家主人，这才想起有路可逃，便从后门爬了出去，把整件事告诉邻居。邻居说："这一定是妖怪，可别让他溜了！"接着邻居纷纷拿了棍棒和锹，跟着农家主人进屋。

众人悄悄地从后门进屋一看，屋内已恢复原状，而行脚僧则是仰躺在地炉旁，呼噜呼噜地好梦正酣。

"他睡着了，他睡着了。"带队进来的农家主人低声说。

"那我们就悄悄绕过去逮住他吧！"话才刚说完，十五六个大男人鱼贯冲了进去，出其不意地扑上去抓住行脚僧的手脚，还有一个人牢牢地按住了他的头。

这时行脚僧醒了过来，环顾四周之后，说时迟，那时快，他竟已从压住自己的好几双手之下，一溜烟似的脱了身。

“被他逃走了！”

“揍死他！”

众人抄起事先准备的棍棒和锹，想制服行脚僧，无奈他的身影在屋里各处翩然来去，这群男人根本拿他没办法。这时屋里角落有个尺寸偏大、装着酒的德利[①]酒壶。行脚僧一溜烟地钻进了那个酒壶里。

“妖怪躲进酒壶了，快把盖子盖紧！”有人这么喊道，还赶紧塞上了壶盖。

“把他送到代官所[②]去！”有个男人这么提议过后，打算拿起酒壶，却发现酒壶重得不得了，怎么拿也拿不起来。

不久之后，德利酒壶竟在屋里滚动了起来。

“他又想开溜了！没办法，把酒壶打破吧！”有人开口说。

有个男人举起锹用力一挥，想把德利酒壶敲成

① 瓶口窄、瓶身宽的陶瓷容器，目前多用来盛装日本酒。译者注。

② 江户时代的地方行政首府，兼具执法功能。译者注。

碎片。孰料酒壶竟突然冒出一阵黑烟，还发出打雷般的声响，酒壶应声裂成两半，众人吓得连忙往后倒退闪避。

而行脚僧却早已不见踪影。

女人头颅

有个老女人长得简直像是会吃人似的，也有女学生摆出一副出旁若无人的表情，还有个背着小孩的太太，看起来一脸不服输的模样。不过都没有他想找的那张脸。

电灯的灯光亮起，四下亮得宛如白昼，人们的脸庞看起来就像浮在光海上。新吉走在公园的电影院前，睁大眼盯着人群看了好一会儿，才像是突然想起来似的，望向了电影院的手绘看板。不过，新吉要看的，并不是那些色彩浓艳的画。他迈开步伐，毫不犹豫地直走向前，却没有什么目的。

新吉又把目光转了回来，盯着路上和他擦身而过的那一张张脸庞——有束发的、圆髷的，还有梳着“银杏返”的。在新吉眼中，看到的都是女人。他留意着这当中有没有怯生生、惶惶然的脸庞。

这条铺着碎石的路上，右边有着白色乙炔灯，还有卖水煮蛋、落花生的摊贩。乙炔灯的光，洒落在摊贩后方那些垂柳枝的嫩叶上。

新吉瞄了垂柳嫩叶好几回，但这个动作并没有任何特殊的意义。

“喂，新哥啊，有什么发财的好路子呀？”

有人语带讽刺地说完之后，还发出了笑声——那是个戴着褐色中折帽、身型矮小的男人。

“是你啊，小三哥。我又不是你，怎么可能在街上乱逛找发财机会啊？”

新吉露出了笑容。

“不行！不行！你嘴上是这么说没错，其实早就有眉目了吧？你看这样如何？”

矮小男人右手握拳，只弹出食指拿到面前，像是要碰自己的鼻尖似的。整个动作非常迅速。

“说什么傻话？你自己还不是这样！”

新吉把自己的右手指尖举到右眼旁，再用食指轻点了一下眼角。

“疯子！”

“老爷的确是这样说的呀！”

“哼，别傻了，人可不一样呀！”

“你最好赶快找出那个人来。”

“你也帮忙找啊！”

两人谈笑风生地擦身而过。新吉和他的朋友就这样分道扬镳，心中却觉得有人在背后监视他的一举一动，所以每走个两三步就会回头张望。所幸褐色中折帽男子已经走到池畔那个派出所前面，新吉才又放心地边走路边盯着过往行人。他边走边想着：“那家伙比我坏多了，还在那里耍嘴皮。”还啧了一声。

形形色色的女人在新吉眼前穿梭，他打定主意，绝不放过这当中任何一张怯生生的脸庞。有个老女人长得简直像是会吃人似的，也有女学生摆出一副旁若无人的表情，还有个背着小孩的太太，看起来一脸不服输的模样。不过都没有他想找的那张脸。

那是一个无风且温暖的夜晚。新吉突然想起了山中的长椅。他觉得这样的夜晚，或许最适合去那里一趟。于是他望了池塘一眼，挂着藤架的小桥栏杆就在眼前。他决定转往那个方向去。

藤架上垂着成串的藤花，在幽微的灯下，花儿显得特别白。两侧的栏杆都各有两三个人倚栏而立，和走过眼前的行人保持着距离。新吉走过他们面前，过了这座只有一个跨步距离的小桥，再右转往右手边的茶馆走去。有个看似年轻女学生的女孩，若有所思地身体前倾向前走着。新吉的目光停留在她身上。

女孩转过头来，露出了她那白皙的长脸。她身穿看似铭仙[1]的紫色花纹外衣，右手拿着洋伞，脚上则穿着鞋底很薄的木屐，脚步软弱无力。新吉觉得这个女孩很耐人寻味，便悄悄地放慢了脚步，以免女孩发现他尾随在后。

女孩依旧身体前倾，踩着无力的脚步往前走。新吉和她保持着约莫六尺的距离，摆出一副“晚餐后绕公园逛一圈消化一下”的神态跟着走。接着，前方有七八人成群迎面而来，女孩的身影稍微被挡住，新吉擦亮锐利的双眼紧盯着。

女孩穿过池塘中央那条路，来到池畔。新吉猜着她接下来会往哪里走，观望了一阵。后来女孩在池畔往右转，走了一小段之后，随即又停下脚步，思考该往哪个方向走，不久后便又回头，张望了一下眼前那条往山里去的路，才迈开步伐往那里走去。这让新吉认定她刚从乡下来，走投无路。他觉得自己找到了一头绝佳的猎物，便朝女孩那个方向走去。

---

① 平织的丝织布料，实用性强。在江户时代相当普及，还有包括足立、秩父等在内的五大产地，盛极一时，后来随着西式服装的普及而式微。译者注。

点点发亮的弧光灯火中，看得见嫩叶的摆动。女孩在幽暗的广场上东张西望，接着很快地便走向左侧那张在树荫下显得阒黑一片的长椅，并且坐了下来。广场四周的长椅，传来有人咳嗽的声音，还看得到如烟头般的微弱火光。新吉踩着不让人生疑的步伐，走到那个女孩身边。曾几何时，他竟已点起了一根卷烟。

女孩很惊讶地抬起头，柔和的黑眼流露着恐惧。

“我在日本制绒公司上班，不是可疑人物。我看你好像很烦恼，所以才上前来问问。很多刚从乡下来走投无路的人，或是有苦衷离家出走的人等，都会来这座公园，一不小心就被存心不良的坏人骗。那些人我搭救过一两次，所以才上前来问你。我是上班族，公司很啰嗦，要是我干了什么坏勾当，公司老板一定会很不高兴。可是见人有难，我总不能默不作声。虽然我让这些人在我家借宿，有人住着住着，干脆就把我家的衣服细软偷走，害我好心没好报，但我相信女孩不会做这么过分的事。你看来似乎也有什么苦衷，所以我才会过来问一下。想必你一定是有什么难言之隐吧？”

新吉观察了一下这个女孩回应的表情。

“是的。”

女孩用怯生生的声音说。

“有什么苦衷，不妨告诉我，不用客气。我这个人的个性就是这样，能帮得上忙的我会尽量帮。你是什么时候来到这里的？”

“今天傍晚搭火车来的，人生地不熟，一点头绪都没有。”

“那应该很烦恼吧？你是从哪里来的呀？”

“从水户北边来的。”

“来投靠亲戚朋友吗？”

“我只想着要出来找工作，就离家出走了。在这里我无依无靠，正愁不知该如何是好。”

“来找工作当然很好，但你家里都不会有意见吗？”

“我不知道家里会怎么说，不过我有些难言之隐，已经不打算回家了。”

“那你想去哪里工作？”

“哪里都好，我打算只要有合适的地方就去。您有什么门路吗？”

“当然有。这样吧，先到我家来，我再慢慢听你说。我分租了一户人家的二楼，就在前面。”

这时有两个男人过来，脸凑得很近，像是想偷听两人在聊什么似的。新吉心想这是个好机会。

“真烦，有人来了，我们往那边走吧。”

“好的。”

女孩站起身。

“欢迎欢迎，就在前面而已。我一个人住，没什么好客气的。”

“不好意思。”

女孩轻声地说完之后，站到了新吉的左手边。

“那我们走吧！没什么好担心的，现在到处都缺女佣，大家都为了人手不足而发愁，工作要多少有多少。”

于是两人迈开了步伐。

新吉从二楼下来，走进了楼下的房间。这屋子里有个年约五十、留着花白头发的老爷，坐在茶几旁喝酒。茶几彼端坐的是一个梳着栉卷发型的夫人，外型看来比老爷年纪小一轮，但眼下有黑眼圈。她在陪老爷喝酒，但一副早已等不及看到新吉下楼来的模样。

新吉露出了诡异的笑容，来到夫人身旁，蹲下来说：“夫人，我有事想拜托你。”

夫人也带着诡异的笑容，看着新吉的脸。

“可以啊，是什么事？”

“想请你帮我叫两碗亲子丼。”

“好啊。”夫人突然压低了声音，接着说：“这是想吃个浓情蜜意餐是吧？”

“算是吧，差不多就是这样。”

新吉也低声说。

“喂，阿新，那个女孩子看起来很不赖嘛！怎么？又是去路上捡来的呀？”

老爷顶着他那油亮亮的头，凑了过来。

“今天运气挺不错的嘛！那个女孩蛮好的吧？”

“很好！很好！那样的女孩可以卖个好价钱吧？又是乡下来的？”

“是啊，她说是从水户北边跑来这里的。”

“找得到买家吗？”

“千叶有，这儿附近也有啊。”

“这姑娘，可不能低于三百两啊！”

“这个嘛……附近的买家应该可以出得起这个价，不过都还说不准。”

夫人从旁插嘴说：“怎么？阿新到手的东西，不会溜走的啦！更何况阿新你那么能干。这次可得请我们好好吃一顿喔！”

“当然要请。那亲子丼就拜托你啦！”

新吉笑着伸了个懒腰，接着就走上了二楼。他一边爬着楼梯，一边盘算着吃过饭后要到清水屋去，问清楚他们要不要买下这个女孩。

那个从公园带回来的女孩，寂寞地坐在二楼那个脏兮兮的房间里。幽暗的灯光，映照在那张略长的白皙脸庞上，黑眼珠透露着胆怯。

“等一下丼饭就送来了，今晚就请你先委屈一下。明天一定会有其他办法的。”

女孩轻晃自己那个发量丰盈的脑袋，接着再抬头仰望新吉。女孩身后是贴着黄纸的墙面，纸本身已经很旧，布满着鼠灰色的斑。墙和右侧的夹缝角落有一张小桌，放着两三本讲谈本[①]之类的书和一个闹钟。闹钟发出有气无力的声响。

“没什么好担心的。等一下吃过饭，我们就去问问看吧！两三天之内一定可以找到工作的。”

新吉嘴上说着，一边在女孩面前坐下。

“不好意思。”

新吉开始问起女孩的身家背景。

“我刚才忘了问，你叫什么名字？”

“哦，我叫佐藤秀子。”

“几岁了？”

“二十岁。”

门外传来一阵脚步声，原来是楼下的夫人来到门口。她把亲子丼饭放在膳桌上，一并端了过来。

“我就放在这里啰！茶也帮你们拿过来了。”

“谢谢。”

夫人说完便转身下楼。新吉起身把膳桌端了进来。

---

① 将说书内容以文字形式出版的书。译者注。

“来，我们吃吧！”

新吉醉醺醺地回到家。他把刚才打开的雨户[①]关回原状，爬上玄关那个可立刻通往二楼的楼梯。这个总是在公园附近撒网布线、等着年轻女孩上钩的恶棍，刚谈妥今晚要把诱骗来的女孩，交给不安好心的清水屋，人家还请他喝了酒，所以现在才回到住处。

二楼的空间一片阒然。新吉撇了一下头，接着打开那个看来很苍白的拉门进房。进房时，他心想女孩应该在房里打地铺睡觉，于是便到处察看了一下——原本摆在房间角落的小桌，已被挪到房间正中央。而刚才那个女孩只剩下一颗头颅，略长的白皙脸庞对着新吉露出了微笑。

新吉吓得眼前一黑。他火速地往后退，拔腿就逃，但匆忙间踩空了楼梯，稀里呼噜地滚下楼，倒在门口。他倏地跳了起来，噼里啪啦地打开刚才关上的雨户，逃到了屋外。

① 木制的门窗板，加装在传统日式建筑的门、窗外侧，具有挡雨、遮蔽视线和防盗等功能。译者注。

新吉在伸手不见五指的阒黑中不断地向前奔跑，好不容易才看到明亮的光芒。那是一间像酒吧般人声鼎沸的民宅，门口挂着白色布帘。新吉当下只想着要尽快走进这间屋子，和人类共处。

新吉连忙往入口走去。孰料这时右边有一扇黑色大门，正噼里啪啦地关上。新吉无可奈何，只得先停下脚步，而这扇门就这样一路向左冲去。就在新吉想趁隙穿过时，黑色门板又从左边噼里啪啦地冲过来。新吉无计可施，只能先停在原地。

转眼间，左边的黑色大门已一路冲到右边。新吉盘算着这次一定要成功进屋，没想到黑色门板一下子又从右边冲了过来。他心想自己再这样磨蹭下去，恐怕永远都进不了屋内，便打算等门板一冲过眼前，就快步进屋。于是门一冲过，新吉就紧接着向前跑。说时迟，那时快，后面又有下一扇门跟着冲了过来。

后来，新吉就在公园后方奔驰的电车轮下，成了亡魂。

阿累的故事

与右卫门不仅有屋，又有大片田地，身家丰厚，因此很快就找到了再婚对象。事情发展全都如了与右卫门的意，他内心窃喜不已。孰料续弦妻子竟突然生病，随即撒手人寰。

事情发生在承应二年[1]，岁次癸巳的八月十一日黄昏。与右卫门夫妇刚从田里回来。他们背上背的，是那天从一早就开始摘采的大量豆类。太太阿累走在与右卫门前面，没好气地说："我背上这些东西重得不得了，你好歹帮我分担一点吧？"

与右卫门听了这句话之后，回她："过了绢川[2]之后，就全都由我背。你再撑一下吧！"

当时他们所在的地点，是下总国冈田郡羽生村[3]。

"是吗？那好吧。"

阿累像牛似的拖着脚步往前走。好不容易来到绢川的堤防边时，西方那片染上桦树色的天空，就像是被熏炙过似的。上游方向翳着薄雾，不知何处传来马鸣声。与右卫门边走边瞻前顾后，眼神中透露着一股狠劲。

两人沿着竹林中的小径下切到河边，再走到土桥边时，与右卫门冷不防地把手放在阿累的行囊上，用

---

① 1653年。译者注。

② 现为鬼怒川。译者注。

③ 现为茨城县常总市羽生町，与鬼怒川接壤。译者注。

力一推。阿累的身体毫无防备，笔直地掉进河里。水面上虽弥漫着些许水雾，但阿累身上背着豆子，所以落水后很快就浮上水面，脸部朝上——那是张又丑又黑的脸。与右卫门见状，丢开了背上的豆子，跳进河里，一边拼命挣扎着打水，一边把快被冲走的阿累，连同行囊一起压进水里。

与右卫门就这样杀了阿累。他背着阿累的尸体回家，却谎称阿累是不慎失足落水而被淹死。在左邻右舍的协助下，他把阿累葬在自家所属的寺庙——法藏寺的墓地里。与右卫门原本是贫户之子，到了阿累家当了赘婿。他嫌阿累长得丑还成天啰嗦，便起了邪念，打算把阿累弄死，再娶其他美女续弦，所以才会下此毒手。

与右卫门轻轻松松、神不知鬼不觉地杀了阿累之后，便准备续弦再娶。与右卫门不仅有屋，又有大片田地，身家丰厚，因此很快就找到了再婚对象。事情发展全都如了与右卫门的意，他内心窃喜不已。孰料续弦妻子竟突然生病，随即撒手人寰。

与右卫门后来又娶了第三任妻子，妻子却同样因病骤逝。众人心想与右卫门即使再怎么心狠手辣，妻子接连病故，总会让他黯然伤神了吧。然而，会为了想重新娶个漂亮老婆，而下毒手杀害糟糠妻的男人，可不是省油的灯——他又娶了第四、第五任妻子，但也都是突然过世。只有第六任妻子没有骤逝，还生了个女儿。与右卫门帮女儿取名，叫做小菊。

虽然与右卫门还是很担心太太的安危，不过这一任妻子活到宽文十一年[①]，也就是小菊十三岁那一年的八月中旬才过世。与右卫门心想自己年事已高，女儿也已亭亭玉立，不如招个赘婿，自己就可以享清福了。于是他找上过世妻子的外甥——金五郎来当上门女婿，和小菊结为连理。孰料隔年正月四日左右，小菊就生了怪病，到了二十三日时，竟口吐白沫，痛得在地上打滚，还不断说着："好难受，好难受，谁来帮帮我啊！"

后来小菊昏了过去，与右卫门和金五郎都陪在身边照顾。所幸小菊很快地回过神来，但却一直瞪着与

① 1671年。译者注。

右卫门。

“你还真敢动手，竟让我命丧绢川。我不是小菊，我是二十年前被你杀害的阿累。你因为想娶美女当老婆，下毒手杀了我。所以我才会杀了你的每一任太太，现在轮到你偿命了！”

与右卫门吓坏了，连忙逃进了法藏寺，金五郎则是逃回了父母家。当天是二十三日夜①，村里的人都聚集在与右卫门家隔壁，一听说小菊出事，便前往与右卫门家一探究竟。岂料小菊一看到村里的人，又开始大吼：“我是与右卫门的老婆阿累！与右卫门嫌我长得丑，就把我推进绢川溺死。我今天来，就是为了报这个冤仇，与右卫门却逃去躲在法藏寺里。你们快去把他叫来，和我一决胜负！”

村民们觉得小菊这番话，说得简直就和阿累如出一辙。因此他们认为应该去把与右卫门叫回来，双方直接面对面，让一切大事化小、小事化无。于是村

① 按照江户时代的一种民间信仰，人们在农历二十三日晚上要聚在一起吃饭、诵经，还要一起等待月亮升空后朝拜，就能赶走邪灵恶鬼。译者注。

民跑去找与右卫门，可是与右卫门却担心事迹败露对自己不利，便设法推脱，说："这些话根本无凭无据！她一定是被狐仙或狸猫附身了。"

最后他拗不过村民劝说，百般无奈地回家。小菊一看到与右卫门，就开口说："与右卫门，你想在这么多村民面前文过饰非，还说我是狐狸。别以为你做的'好事'没人知道，我可是有证人的！"

与右卫门无言以对。这时有位村民开口问："你说的证人是谁？"

小菊近乎吼叫似的说："法恩寺村的清右卫门！"

与右卫门已百口莫辩。村民说事到如今，也不忍心再将与右卫门斩首，不如就让与右卫门出家，为阿累超度求冥福吧！这时当地的村长庄右卫门带了两三个同僚到场，对小菊说："你的冤仇这笔账，该找与右卫门追讨，怎么让小菊在这里受苦呢？"

话才说完，小菊便起身回答："您说得没错。光是抓住与右卫门，要他杀人偿命，根本算不上是惩罚。我让小菊生病，也是为了让与右卫门看着她吃苦受罪。"

村长认为光是调解劝说，恐怕很难让阿累的冤魂退去，于是又找来法师，念诵起了仁王法华心经。没想到小菊却打断了诵经，说："那种经再诵几万遍都没用，若想救我脱离地狱，就帮我念佛！"

村长找来法藏寺的住持，在二十六日①的晚上举办念佛法会，才让阿累的冤魂退去，小菊的身体也复原了。然而，后来阿累的冤魂又来作祟过两次，让小菊饱受折磨。最后由弘经寺②的祐天上人③出面教化，才让阿累成佛度脱。

---

① 江户时代日本的民间信仰，在农历正月和七月的二十六日晚上，要等月亮升起并加以朝拜。当时民间相传在这两晚的月光当中，会出现弥陀三尊，也就是阿弥陀佛、观音菩萨和势至菩萨。译者注。

② 位于茨城县常总市，创建于 1414 年。译者注。

③ 江户时代最具代表性的法师之一。相传祐天上人可以拯救被恶鬼冤魂缠身者，还能透过念佛之力让冤魂成佛。译者注。

女鬼

这一片住宅用地长满了草，有的高度约莫和小孩差不多，白天看来就像赤藜；也有些结着如小米颗粒似的浅红色果实。就在它的入口处，朦胧的月色微光，映照着一条行人踩出来的蹊径。

尽管街头左右两边的街灯只是稀稀落落地亮着，但看到这些灯光，还是让菊江松了一口气。这几年因为不景气，文化住宅[①]的基地上，房子并没有盖满。菊江刚才就是抄捷径，穿过这些空地走过来的。

微阴的天空中挂着一轮明月，附近到处都听得到虫鸣声，路上则铺了砂石。菊江沿着路往右转，这里的临路第一排也有多处空地，看不到鳞次栉比的建筑。何况现在都已经十点了，位于郊区的新开町，更是一片死寂。

沿这条路往右走半町[②]左右，就会碰到一个三岔路口——左边是绵延的幽暗缓坡，右边是电车车站前一小段人车分道的宽敞大路，分流的交界处种了法国梧桐，电灯的光照亮了它们的树叶。这里的街道两旁摆出了各式商品，菊江走到其中一家店里去买蒟蒻。菊江的父亲因为公司有事，到仙台出差去了，家里只有妈妈、年幼弟弟和她在。偏偏妈妈又闹胃痛，所以

① 大正时代中期开始流行的一种独栋西式住宅建筑。译者注。

② 一町约为 109 米。译者注。

才要吃蒟蒻缓解。原本妈妈要她带弟弟一起出门，但总不能留病人自己在家。尽管菊江平时在市区的公司里做行政工作，这条路每天早晚都会经过，熟悉得很，自己跑一趟完全不成问题，但今天就是觉得心中很忐忑。

每十分钟就有一班经过的电车声响，以及列车即将出发的警示音响起。菊江转进这条大街，走上右侧的人行道，就看到有两个年轻男子从前方迎面而来。他们走在马路的正中央，还像喝醉似的高声谈笑。菊江倒是一如往常，并不讨厌醉汉的声音。还有一位女士带着两个少年，走在那两个醉汉身后。

正当菊江打算走进五金杂货店隔壁那家蔬果行时，她不经意地一看，发现蔬果行左边那家咖啡馆，一二楼都门庭若市，人声鼎沸，还混杂着女人的声音。菊江忽然想到："该不会那个人也在里面吧？"她想到的是自己公司里的一位年轻男同事，他住在电车的那一头。菊江猜想，自己这么晚还独自出门办事，要是被那个男同事看到，一定会亲自护送菊江回到家门口。菊江脑海中浮现了那个青年露出白色小牙的嘴角，一回神才发现双脚已踏进了蔬果行，吓了一跳。她匆忙买了三块蒟蒻，用手帕包好之后，走出店外。

那家咖啡馆的灯火，马上又映入了菊江的眼帘。不过光是站在这里看，她还是会觉得过意不去，于是便直接打道回府，但脑子里却又想起了那个青年。随着三岔路口愈来愈近，青年在她脑中的印象也越来越淡薄——因为这段路让她又开始觉得忐忑。菊江回头望了一眼，心想："都没人可以结伴一起走吗？"五金杂货店前好像有一个人站着，但看起来不像是要往这个方向走。这时右手边那条缓坡路传来脚步声——一个看似劳工的胖子，朝这里走了过来。他头上戴着看似草帽的夏季款帽子，走在马路的正中央，还把视线投向菊江。菊江赶紧加快脚步和他擦身而过。

前面就是三岔路口。如果要走大街的话，往菊江家要走的是右边那条长长的缓坡。菊江当下就想循着这条路线回家，但和抄捷径相比，这条路得多走两町以上，而且走这条路容易被可疑人士盯上，这更加深了她的不安——这份忐忑倒是和走草丛里的捷径一样。朦胧月色下，草丛里的小路其实并不暗。菊江心想："反正都是没伴，那还不如选近路。"于是她选择抄捷径，朝左边那条有亮光的路走去。

这条铺了砂石的路，走起来并没有菊江想象的那么顺利。有一间洋房，在临街那面筑起了矮土墙，院子里种了一片草坪，屋子侧边传来了一阵狗叫声。菊江傍晚下班回家的路上，有时会看到一个短发少女，和小狗在这片草坪上玩耍。她想起少女身边那只体型偏小但外观像鹿的小狗。她用这只狗的模样，在脑中描绘了一个不知是何方神圣的黑影。这时，菊江又回头张望了一下——因为她担心是不是有可疑人物在跟踪自己。

所幸身后什么都没有，菊江这才总算放了心。她来到杂草丛生的捷径入口。这一片住宅用地长满了草，有的高度约莫和小孩差不多高，白天看来就像赤藜；也有些结着如小米颗粒似的浅红色果实。就在它的入口处，朦胧的月色微光，映照着一条因为行人走过而踩出来的蹊径。菊江在这条路上踏出了一步之后，又回头张望。视线彼端有高压电线杆，和涂上草色油漆的路灯用方形电线杆并排，旁边有个看似人影的东西。菊江心想:“哎呀?!”再定睛一看时，却没看见什么异常。

于是她放心地走进了荒烟蔓草里的那条蹊径。这里的虫儿活在各自的世界，满怀自信地歌唱而互不干扰。在大地露出表面红土肌理的地方，草变得比较短，小径的痕迹也有些纷乱，到处东兜西转。菊江不敢四处张望，专心地循着杂草丛生的蹊径前进。就在此时，菊江的耳畔感觉到有动静。她下意识地回头一看，发现有人在稍远处朝这里走来，吓得她杵在原地——一个身材修长且瘦骨嶙峋的男人，朦胧地出现了。菊江觉得毛骨悚然，头也不回地快步向前走。

菊江来到一个地势较高、种着栲树的地方。她一边冲上这个红土肌理的斜坡，一边回头望了一眼——身材修长且瘦骨嶙峋的男人，已逼到她身后。如果他只是个路人，应该不会跟着菊江才对。菊江虽觉得胆战心惊，但内心倒还有几分莫名的从容，心想:“是路人还是在跟踪我，试一试就知道。”于是她冲上斜坡后随即靠右，跑到一棵栲树下回头往后一看——身材修长且瘦骨嶙峋的男人，已出现在菊江跑上来的那条斜坡路边。看来是个对菊江穷追不舍的坏人。

于是菊江又从栲树前折返，如滑落般跑下红土斜坡一小段，再回头张望——身材修长且瘦骨嶙峋的男人又出现在斜坡上。这下子总算可以确定他是坏人了。菊江本来想大声求救，但她担心除非有刑警或员警刚好经过，否则就算不远处就有民宅，这么三更半夜的，既不能马上求得援军，说不定大声嚷嚷还会刺激这只追到猎物身边来的猫提早出手。她三步并两步地走，一边想着用什么妙计来逃离坏人的魔爪。

眼前有一栋刚铺上屋瓦但还没盖完的房子。菊江信步走向房子暗处，看样子是打算躲进这栋建筑物里。至于追着菊江来的那个身材修长、瘦骨嶙峋的男人，也跟着来到菊江藏身的这栋房子，仔细地打量着——朦胧的月光，照在玄关的柱子上，柱子旁有个脸庞瘦削的女人，吐着她那又大又长的舌头，长度看来约莫有六七寸。身材修长、瘦骨嶙峋的男人见状，“哇”的大叫了一声，简直就像吓破了胆似的，转身拔腿就逃。

政雄没开锁，噼里啪啦地打开了雨户。接着他像是被人追赶似的，快步地走进玄关，再匆匆地关紧门窗。这里的左右两边各有一个台子，上面摆着五金杂货商品。政雄穿过台子之间那条又黑又窄的通道后，急忙走进眼前的客厅。隔壁卧室有一对老夫妇在睡觉，黄昏的电灯光线，照进了这间客厅里。政雄租了二楼那间六叠[①]大小的房间，平时他总会爬上右手边的楼梯回房，但这天晚上，他并没有上楼。

“阿姨，你睡啦？”

他一边打开房间拉门，一边语带惊慌地说。房里有一对夫妇，头朝拉门方向躺着，但两人都还没睡。老先生趴着读报，闻声抬起了头，眼睛往上瞄了一眼，从眼镜上方缝隙看了看政雄的脸。

“进来吧，我们刚刚躺下。”

老太太躺在老先生的左边。政雄关上身后的拉门，进房走到老太太枕边的长火钵旁坐下后，还对自己的前后左右张望了一番，好像有人来到他身边似

① 相当于三坪。译者注。

的。接着，政雄瞪大了眼睛，环顾整个室内。

“有什么事吗？”

老先生觉得政雄的举动很不对劲，便开口问他。

“没事，什么事都没有。”政雄仓皇地低声说。

“但我还是觉得你不对劲。”

“哪里不对劲？”

“应该是发生了什么事吧？还是你开车撞了人？”

政雄以前是个司机。有一天晚上，他开车撞了人，说要先下班带伤者到医院去，便把车交给助理开。结果他把那个伤者带到没人看见的地方揍了一顿。当下虽然逃过一劫，但后来还是难逃法网，被吊扣了驾照。

“怎么可能！”政雄惶惶然地说。要是平时，他早就把老先生的这句玩笑话拿来当作闲聊的题材，絮絮叨叨地说下去了。

“总觉得你的样子不太对劲呀！”老先生又对着老太太说：“你说对吧，老伴？尾形看起来有点不太对劲吧？”

“是呀。”原本脸朝着另一边、左侧睡的老太太，也翻过身来看着政雄，说："怎么了，尾形先生？又做了什么亏心事吗？"

"我、我才没有咧！"

"那为什么看起来不像平时的尾形先生啊？"

"没什么，只不过今晚是个令人莫名烦躁的夜晚。"政雄说完之后，又四处张望了一番，接着又说："阿姨，我觉得今晚郁闷得不得了。我知道这有点强人所难，但能不能拜托你，去二楼帮我开一下灯啊？"

"所以我们才问你怎么了嘛！灯是可以帮你开，但这未免太不对劲了吧。"

"没事啦！我只是讨厌暗而已。"

"是吗？那就帮你开个灯吧。"老太太没多想，起身喃喃地说了句"哎唷喂呀，真奇怪，尾形先生究竟是怎么回事呀"，接着就打开拉门，走出了房间。

"到底是怎么回事呢……"

老先生觉得政雄似乎有什么隐情，自己既然是出租房间给他的房东，当然不免担忧。

"怎么？我只是身体有点不舒服而已。应该是神经衰弱之类的问题吧。”

“是吗？但愿不是有什么会和警方扯上关系的事。”

“怎么可能发生那种事？绝对没有。”

“那就好。因为你看起来实在很不对劲。那你快睡吧。”

“说的也是，早点睡吧！”

政雄像一尊弹簧玩偶似的弹起身走出房间，接着又爬上楼梯。亲切的老太太帮他开了灯，还顺便帮他铺好了睡床。

“谢谢。”

政雄就这么钻进了被窝里，用棉被从头裹到脚。

“尾形先生今晚到底是怎么了呀？”

老太太嘴里说着，一边走下楼。政雄则像个死人一样，一动也不动——他的脑海里，全都是那条又大又长的舌头。政雄因为驾照被吊扣，不能再当司机了，打算到郊区找个汽车公司的助理工作，所以才会搬到这个镇上来找机会。结果找着找着，他竟然开始对女人伸出狼爪。这天晚上，他在入夜后跑到隔壁镇上人烟稀少的地方，原本打算找个女人下手，后来因为有人经过，他才落荒而逃。接着他又到附近的一家咖啡馆喝酒，等到夜深再搭电车回家。没想到刚出车站，就看到一个女人独自走在街上。政雄原本打算对她下手，结果却看到了鬼怪，所以才不敢把头伸出棉被外。

那个舌头又大又长、脸庞瘦削的女人，长得简直就像一个身穿袴[①]装、手拿布包的女学生或者女职员。女鬼竟然就这样和入夜后打算侵犯的那个女人连结起来——政雄开始觉得自己今天应该是从入夜后，就被妖魔鬼怪给缠上了。他坐在老夫妇身旁时，对妖魔鬼怪的恐惧和对恶行曝光的恐惧，让他吓得不知所措。但曾几何时，他对恶行败露的恐惧已经烟消云散，只剩下对妖魔鬼怪的恐惧。又大又长的舌头，折磨着政雄的大脑。

躺着躺着，政雄开始有了一点尿意。他觉得那条又大又长的舌头，就垂挂在被窝外面，因此不敢把头伸出棉被外。于是他打算憋到天亮。一边忍着尿意，

---

① 一种和服的下裳，看起来像长版的百褶裙，明治到昭和时代的女学生大多穿着这种款式的制服。译者注。

一边想着:“快天亮吧!”同时也等待着黎明到来。在这些折磨之下,政雄竟也昏昏沉沉地打起了盹。不久,有车子在巨大声响伴随下驶过。那应该是货车的声音吧?如果是每天早上载着蔬果,前往果菜市场的那些货车,发出了熟悉的声音,那就代表已经是五点左右了。只要载运蔬果的货车经过楼下,习惯早起的老先生也很快就会起床。政雄这才稍微放下心来,开始忍不住尿意了。他索性起床,迅速地跑下楼梯。此时楼下的灯已经亮起,而老夫妇平时睡觉不会开着灯,既然灯亮,就表示老先生已经起床。这下子政雄总算放宽心了。他放心地打开走道尽头的内开门,走到屋外昏暗的缘廊,再到对面打开厕所门,没想到这时竟有人从厕所里跑了出来。政雄吓了一大跳,再定睛一看对方的长相——原来就是那个脸庞瘦削、舌头又大又长的女人。政雄大叫一声之后,当场就晕了过去。

过了半晌,政雄总算恢复了意识,却看见那条又大又长的舌头垂挂在眼前。他又大声惨叫一声,准备拔腿就跑。

“尾形先生，你怎么啦？”

政雄觉得自己莫名地被抓住，全身动弹不得。他这才发现，原来自己是躺在老夫妇的房间里。

“尾形先生，你是怎么了？我一从厕所出来，你就吓晕了。”

那是老太太的声音。原来政雄把从厕所出来的老太太看成了鬼怪，所以才吓晕了过去。

从那天之后，政雄就像废人似的，在五金杂货店的二楼一直昏睡。到了第十天左右，精神状态才终于恢复正常。既然恢复了正常，就不能一直游手好闲，得出门去找工作。于是他又开始外出，但脑中老是想着那条又大又长的舌头，所以总在太阳下山之前就会回家。

就这样，政雄连着五六天都出门找工作，可惜没找到合适的职缺，更糟的是口袋已经见底。他想起以前在自己手下当助理的那个司机，便决定去找这位司机试试。这位司机很同情政雄，带了他去咖啡馆，还请他吃了一餐。也因为这样，政雄到很晚才回家。他准备告辞时，已是晚间十一点左右。不过自从这天之后，政雄又敢在晚上出门活动了。

有人介绍政雄到一家新开的公车公司，驾驶在郊外城镇和市区之间往返的车。他去看了看情况之后，马上就和对方谈妥了。政雄总算松了一口气，他实在不想回家吃冷掉的剩饭当晚餐，于是便走进咖啡馆吃饭，到了八点左右才心满意足地踏上归途。他走到了一条大马路上，这里当天似乎有庙会，所以道路两旁都是摊贩，人潮汹涌。

政雄觉得很有意思，便走进人群中，漫无目的地逛了逛。这时道路右侧出现了一片空地，不少人在此驻足停留。空地上有两三个市集，每个市集都各有人潮聚集。政雄注意到一家卖衬衫的店，摊商大声地叫卖着。他虽想为自己添购一件新衬衫，却没有打算在这里买。

政雄盯着摊商销售衬衫的热闹气势看了好一会儿之后，突然看了一下自己眼前，发现有个娇小的年轻女孩站在那里，左右两侧还各站着一个看似学生的青年，举动看来有些诡异。政雄仔细一看，发现这两个青年正在对女孩使出某些手段。看了这一幕，政雄的好奇心也开始蠢动，便悄悄把右手伸到女孩的腰带边缘。没想到竟有温暖的手指爬到了他的手上。政雄心想这下子还有戏唱，便往右靠三步，继续等待动静。结果女孩也巧妙地从两位青年之间穿过，靠向他身边。政雄觉得这个女孩无疑已是自己的囊中之物，便往空地和民宅之间的窄巷走去。他回头一望，发现女孩不像是会跟过来的样子，便怀着些许的失落，告诉自己："原来是我会错意了呀。"一边似走非走地迈开步伐。此时，有人从政雄身后追过他，继续往前走去。政雄仔细一看，原来就是那个女孩。他喜孜孜地跟在女孩身后走，两人隔着约莫六尺的距离。

女孩走进巷子之后，来到一个十字路口，接着再往左转继续走。这里是一条狭窄的暗巷，连住宅外的门灯都只是稀稀落落地亮着。政雄本来想在这里叫住女孩，但女孩似乎在顾忌着什么，所以他也只好不发一语地紧跟在后。

街道的两旁开始出现麻栎树林，政雄觉得附近应该是看不到民宅了，孰料这时街道右侧竟出现了一座新的石造鸟居，上面装了一盏电灯。政雄想为所欲为的情绪已经到了高点。

“这里够幽静了吧？”

他贴近女孩身边说了这句话，想制造双方进一步发展的契机。说时迟，那时快，女孩一个箭步，转往鸟居所在的那个方向，再回眸一望——脸庞瘦削的女人，正吐着她那又大又长的舌头。政雄“哇”地惨叫一声，逃离了现场。

警察看到政雄疯狂地在镇上乱跑，便把他送到精神病院的疗养病房安置。他发疯过后没几天，有个年轻上班族已得到菊江的父母首肯，到菊江家中拜访。席间他提到自己的住处附近，有个在五金杂货店二楼赁屋而居的男人，因为看到女鬼而发了疯；而菊江也分享了一个“蒟蒻妙计”，说完自己还笑了起来。

供奉苍蝇

女儿拿出了胭脂，九兵卫在苍蝇的翅膀、身体都糊上厚厚一层之后，又把它装进纸袋里。隔天早上，九兵卫那个在附近开店做生意的弟弟——勘右卫门说要去伏见，顺路过来打个招呼，于是九兵卫就托他带走那个袋子。

靠在火盆旁取暖的右手背上，有一只苍蝇飞来停驻。眼下还是二月春寒料峭的时节，苍蝇实属罕见。九兵卫心想：“原来现在已经是苍蝇出没的时候了呀！”但未免也还太早了。

九兵卫挥手追赶，于是苍蝇飞到了账房格栅上，搓起了手脚。这里是位于京都寺町通松原下町的一家饰品店，店里有两三位学徒，正在向上门来的女客推销头饰。九兵卫此刻也忘了苍蝇的事，专心地为近期即将出嫁的亲戚女儿挑选贺礼。

九兵卫的夫人和女儿在饰品店后方的屋里，面对面做着针线活。女孩年约十七八岁，长得像个娃娃。夫人时而细心提醒她的缝法。此时，朝阳照在缘廊的下半部，映成了一片浅红色。

正当夫人打算从腿上拿起一小块红布之际，不知从哪里飞来了一只苍蝇。夫人手中拿着剪刀，一时慌了手脚。

“哎呀！已经有苍蝇出没啦！”夫人用难以置信的口吻说完后，盯着苍蝇看。

对于那个准备出嫁的亲戚女孩，女儿感到莫名地嫉妒，心中一项又一项地细数那个女孩的诸多缺点，所以只瞥了苍蝇一眼，什么话都没说。

“天气还这么冷，不管怎么说，出来活动也实在是太早了吧？”夫人又接着说。

“好像是稍微早了一点。”女儿若有所思，事不关己似的回答。

“太早了，太早了！简直是只时序错乱的苍蝇嘛！”夫人看了女儿一眼，又转头望向苍蝇，孰料苍蝇已不见踪迹。

“真是的！苍蝇飞走了啦！飞到哪里去了呀……”夫人喃喃说着，还四处察看了一下，都没发现苍蝇的踪影。

到了中午，家里的人会凑在一起吃饭。当家老爷九兵卫刚一拿出吃光的碗，一旁的女佣就会送上出菜、收桌用的托盘。说时迟，那时快，有一只苍蝇，不知道是否原先就停留在托盘上，总之这时已停留在九兵卫拿碗那只手的手腕上了。

“又有苍蝇！”九兵卫大感惊讶。

坐在九兵卫对面的夫人，也想起了刚才看到苍蝇的事。

“你那里也有啊？我们这里刚才也有一只。”

“是吗？早上我是在账房看到的。”九兵卫语毕，拿起碗放到托盘上。于是苍蝇便挪到了两人膳桌之间的榻榻米上。

“哎呀，为什么会有苍蝇呢？时序错乱了吧？”夫人搁下筷子，盯着榻榻米看。

“好像早了一点啊。”九兵卫说着，一边把添满的饭碗拿了起来。

坐在夫人和女佣之间的女儿，突然灵光一现。

“它会不会是刚才那只苍蝇？”

“有可能喔，毕竟现在这个时节，苍蝇应该不是那么多吧？”夫人说。

“刚才在店里的，说不定也是这一只。”九兵卫望向榻榻米，但苍蝇已不在那里。“哎呀，真是的！到底飞到哪里去了？”

到了八刻[1]，九兵卫在账房喝着茶，没想到又看见

---

① 江户时代称两点为八刻。译者注。

那只苍蝇。它从账房格栅飞到了桌面上。约莫在那前后，在前厅里和亲戚长辈谈话的夫人，耳边也轻响起一阵苍蝇的拍翅声。

晚上，这一家三口在行灯下闲谈。九兵卫说话时，无心瞄了一眼，竟看见一只苍蝇停在行灯上，仿佛灯罩上沾染了一点墨。

“又有一只。”九兵卫瞪大眼盯着它看，仿佛像是发现什么不祥物品似的。

一听到“苍蝇”，夫人也跟着转头过去看。“是不是刚才那一只？下午我和爷爷说话的时候，也有苍蝇从我耳边飞过。”

“我那里也有，是在我两点喝茶时看到的。”

“不知道是不是同一只苍蝇？打死它吧？”

“别打它，就把它抓起来丢到外面去吧。”九兵卫张开双手，走过去把那只一直停在纸上的苍蝇捞进掌心。

“帮我开窗。”

夫人走到缘廊，将挡雨窗打开一条细缝。外面一片幽暗，九兵卫从夫人身后走到窗前，像推出窗外似的把苍蝇丢出去之后，又关上了窗。

隔天午时，九兵卫和夫人在客厅里，围着火盆聊亲戚家嫁女儿的事。

“既然是叔叔家嫁女儿，至少得买个衣柜去吧？”九兵卫无心地瞥了夫人的右肩头一眼，竟发现有只苍蝇停在那里。

“又有苍蝇了！”

“在哪里？”夫人一转头，苍蝇又飞到了九兵卫的膝盖上。

“是昨天那只苍蝇吗？”

“说不定喔。”

“真烦人，还是打死它吧。”

九兵卫两手呈杯状，从左右两边包抄过去，三两下就把苍蝇关进了掌心里。

“别打死它，把它丢到远一点的地方去吧！你去店里拿个袋子过来。”

夫人不发一语地走出了客厅，不一会儿就拿了一个店里用的小纸袋回来。

“清吉好像要去堀川[1]那边送货，就请他带出去丢吧。”

九兵卫要夫人打开袋口，再把自己的手移到袋口上，让苍蝇从掌心下方飞出去之后，再急忙把袋口收紧。夫人拿着这个袋子，又往店面的方向走去。

傍晚，九兵卫一家三口准备吃晚饭时，女佣从冒着蒸腾白烟的锅中舀起炖菜，盛到三个汤碗里，再摆到托盘上端给夫人。正当夫人打算先把第一碗放到九兵卫的膳桌上，伸手送出汤碗之际，苍蝇竟停在她的手腕上。

“啊！”夫人直盯着它看，像是手上有什么可怕的东西似的。

“苍蝇吗？”九兵卫满脸不耐地说。

“是今天早上看到的那一只吗？”夫人伸出左手去抓，九兵卫则是接下了汤碗。

“怎么可能？应该不是早上的那只苍蝇了吧？”

苍蝇在两人眼前翻飞，最后终于在九兵卫的右

① 位于京都市中心流贯南北的一条河川，是当年建造平安京时开凿的运河。译者注。

手腕停驻。九兵卫用左手掌盖住它，再用手指轻轻拈起。

“我就要看看，同一只苍蝇究竟会不会再飞回来。阿丰，拿胭脂来。”

女儿拿出了胭脂，九兵卫在苍蝇的翅膀、身体都糊上厚厚一层之后，又把它装进纸袋里。隔天早上，九兵卫那个在附近开店做生意的弟弟——勘右卫门说要去伏见[①]，顺路过来打个招呼，于是九兵卫就托他带走那个袋子。

那一整天都没人看到苍蝇，看来苍蝇就只有那一只。当天是个微阴又寒冷的日子，吃过晚饭之后，九兵卫又提起了苍蝇的事。

“今天整天都没看到苍蝇出没，看来苍蝇应该就只有那一只，又或者是有两只苍蝇，昨天丢掉的那一只已不见踪影，今天再丢一只，这样家里应该就没苍蝇了吧。”

“也有可能是昨天丢掉的那一只又跑了回来。”夫

① 京都南部的地名。译者注。

人说。她的眼神仿佛在看着某个阴影。

“这么冷的天，苍蝇应该没那么多吧？可是都已经拿到堀川附近去丢了，总不会飞回来吧？”

“是吗？我总觉得它已经飞回来了。”

夫人视线彼端的灯罩上，出现了苍蝇的踪迹。

“又有苍蝇！”

夫人惊恐地说。

九兵卫从旁转过头，望了一眼之后，挪动膝盖过去，用双手捞起那只苍蝇，再用右手指尖轻轻拈起，接着打开行灯的灯罩开口，就着灯火观察——这只苍蝇的翅膀和腹部下方，都沾有胭脂。九兵卫脑中闪过一个念头，苍蝇便从他的指尖溜走，在他和夫人的头上静静地飞。

“它身上有胭脂吗？”夫人满脸惊恐，大声地问。

“嗯。”九兵卫点头回应。

他心里想到了一些事——他想起上个月过世的女佣阿玉。阿玉生于若狭，既无父母也无兄弟，只有一位伯母住在宇治。这个娇小的圆脸女孩，在饰品店里工作的这四五年来，不曾买过一件新衣服，存下了近百两银子。

“你存那么多钱要做什么？”

有一天，夫人半开玩笑地这么问。结果阿玉回答：“我想在寺院里帮爹娘立个牌位，所以才这么拼命存钱。”

去年秋天，阿玉在常乐寺帮她父母立了牌位，寺方收了七十两银子的祠堂费。阿玉把剩下的三十两银子交给老板保管。入冬之后，阿玉生了病，而且病情每况愈下，于是后来就请那位住在宇治的伯母把她接回去养病。可惜到了上个月十一号，阿玉还是撒手人寰。——九兵卫猛然想起阿玉托他保管的钱，如今还在他身上。

“我替阿玉保管了一笔钱。”九兵卫看着夫人说。

夫人和九兵卫四目相望，不发一语。苍蝇还在他们头上，不停发出拍打翅膀的声音。

“那个女孩子千辛万苦，好不容易才帮父母立了牌位。或许她会想用那笔剩下的钱，来供奉自己吧。”

“应该是吧。”夫人全身紧绷。

“她是哪一天过世的啊？”九兵卫仔细回想，“是十一号吧？这样算起来，明天不就刚好七七四十九天？”他沉思半晌之后，说：“这样吧，明天拜托勘右卫门帮忙，我们家也出三十两银子，凑成六十两，分成两份付给通西轩[①]和瑞光寺[②]，帮阿玉供奉祭祀一番吧！”

后来就没再看到苍蝇出没。然而，隔天早上，却还是不知从哪里跑来一只身上沾着胭脂的诡异虫子，在九兵卫和夫人身边飞来飞去。九兵卫夫妇不再嚷嚷说有苍蝇，只是静静地看着它。

吃过早餐后，九兵卫便找了勘右卫门过来。这时苍蝇停在夫人的膝盖上。

“苍蝇又飞回来了。”九兵卫望着勘右卫门说。

“什么？那只苍蝇飞回来了？”勘右卫门吓得睁大了眼睛。

“没错，就是那只苍蝇。”九兵卫指着夫人膝盖上的苍蝇，娓娓道出了想帮阿玉供奉祭祀的事。

“所以能不能拜托你辛苦一天，跑一趟寺院？”

---

① 位于现今京都市伏见区深草的真宗院境内。译者注。

② 1655年创立，位于现今京都市伏见区的深草。译者注。

“可以啊！这样处理比较好吧。”勘右卫门就这样答应了。

正当夫人准备起身去拿银两交给勘右卫门时，苍蝇又飞到了九兵卫的右手背上。勘右卫门和九兵卫都怔怔地盯着那只诡异的虫子看。

夫人拿着要布施给寺院的两个纸包，回到位子上。这时，刚才一直停在九兵卫手背上的那只苍蝇，竟滚落到榻榻米上死掉了。

他们决定把苍蝇的尸体也一并送到寺院去，便把它装进一个小盒子里，让勘右卫门拿去。勘右卫门先去了深草的通西轩，自堂上人在苍蝇上撒了一些加持土沙[①]。

勘右卫门接着又来到了瑞光寺。慈明上人先是诵了经，再把苍蝇拿到山上去安葬，还立了墓碑。这是元禄十五年时，在京都流传的乡野传说之一。

---

① 密教仪式。相传将加持过的土沙撒在往生者的遗体或墓上，往生者就能灭罪生善。译者注。

穷神的故事

老爷的禄米有五百石，在旗本当中算是相当尊贵的人家。可惜这几代时运不济，总是向领地强索高额钱财。总管心想，这次恐怕收不到满意的金额，于是脑中又浮现村里官差们满脸不悦的模样。

几年前，我在马琴[①]的随笔当中找到了一个不是很吉利的故事，姑且就在这里说说看。喜欢考证的马琴，在这篇短短的随笔当中，也不例外地做了很多考证，例如，中国会把这一类的鬼称为“穷鬼”，苏东坡有一首谈送穷的诗，还说中国的穷鬼又称为“耗”或“青”，更谈到钟馗曾出现在唐玄宗的梦中，而被他撕成几半吃掉的，正是所谓的“耗”，等等。之后，他还写到了“四方赤良”[②]，提到“近世在江户的牛天神[③]附近，有个供奉穷神的小祠堂。据说是某位将军门下的武士，实在是穷得走投无路，后来被人供奉在这里。结果不知道是谁偷走了神像，只留下这个小祠堂”。马琴的写作风格，向来是连鸡毛小事都要和伦理道德扯上关系。而这篇随笔，在同样严肃的诸多作品当中，略带几分轻松诙谐。

---

① 曲亭马琴（1767—1848），本名泷泽兴邦，又名泷泽马琴，是日本江户时代后期的名作家，著有戏曲、随笔、传奇小说等多种类型的作品。译者注。

② 本名大田南亩，是狂歌（充满社会讽刺、滑稽的戏谑短歌）三大家之一。译者注。

③ 位于东京文京区的北野神社。译者注。

故事发生在文政四年[①]的夏天。有一位旗本[②]老爷家住番町[③]，这位老爷府邸的总管，为了处理老爷家中的一些费用，而来到了老爷位于下总[④]地区的领地。老爷的禄米有五百石，在旗本当中算是相当尊贵的人家。可惜这几代时运不济，总是得向领地强索高额钱财。总管心想，这次恐怕收不到满意的金额，于是脑中又浮现村里官差们满脸不悦的模样。

这天是个稍微有云、闷热难耐的日子，稻田里绿油油的稻叶一动也不动。就在快到草加驿站之际，总管发现有个行脚僧走在自己身边——就在他边走边敲打火石，点起香烟吞吐，顺便往右边一瞥的时候。

行脚僧身上穿着鼠灰色的单衣和服，布料看来又

---

① 1821年。译者注。

② 将军门下的家臣。译者注。

③ 位于东京的千代田区曲町站与市谷站之间。江户时代许多旗本老爷的宅邸坐落于此，至今仍为东京市中心的高级住宅区。译者注。

④ 现今千叶县北部、茨城县西南部和埼玉县东部一带。译者注。

旧又脏；头上戴着莎草斗笠，脖子上挂着头陀袋[①]。他的模样看来约四十多岁，下颚尖而消瘦的脸庞发黑，深陷的眼窝里，眼睛闪烁着青蓝色的光芒。

行脚僧那副穷酸的模样，总管瞧了一眼，就觉得那已经不是可怜，而是到了令人毛骨悚然的地步了。行脚僧看总管点了烟，便急忙把手伸进头陀袋里，掏出了烟袋和烟草，把烟草填进烟袋锅里，凑到总管身边来，说："借个火。"

总管发现行脚僧一凑过来，臭味就跟着扑鼻而来，便赶紧憋着气，一语不发地递上烟袋前端的烟袋锅。行脚僧出声吸了几下之后，说："哦，还真是谢谢你了。"

他颔了颔首，又往前走了两三步之后，主动向总管攀谈。

"你要去哪里啊？"

"往下总方向。"

"喔，下总。"

---

① 古代日本和尚出门行脚时，身上背的布包。此外，在日本的佛教丧礼中，也会为往生者挂上这种布包。译者注。

“大师要去哪里呢？”

“我打算去越谷。”

“您是从哪里来的？”

“我啊，是番町○○府邸的人。”

总管瞠目结舌。这位行脚僧口中的府邸，竟然就是自己任职的地方！总管心想：“这个神棍！在府邸的人面前，你还真敢说这种谎。且慢，这家伙或许是有什么目的，才会冒用老爷的名号。看来我得好好教训他一顿，否则不知道会给老爷家惹什么麻烦。”总管紧盯着行脚僧的脸看，心里却一边嘲笑着他。

“○○府邸？这句话真有意思。”

“有什么问题吗？”

行脚僧云淡风轻地说完之后，望着总管的脸。

“当然有啊！我就是那个府邸的人，但我对你一点印象都没有啊！”

总管笑着等着看行脚僧吃惊的表情，孰料行脚僧却一脸泰然自若的模样。

“或许的确是没印象。”

“哎呀！等一下，我可是那座宅邸的总管，每天都在那里从早待到晚，宅邸上下不可能有任何一个我不认识的人。一定是你搞错人家宅邸的名字了吧？”

总管又调侃了行脚僧一番。

“但我没有搞错。”

“怎么可能没搞错？要是你没搞错，那你就是冒用宅邸名号行骗的神棍！”

总管火冒三丈。

“是你不认识我。我从三代之前就一直待在那个宅邸，宅邸里永远都是一堆病人。上一代有两个人夭折，你不是代代都在宅邸里任职，这些早期的事，你恐怕都不知道吧？那座宅邸里啊，以前还发生过这些事……”

从总管听过的一些老故事，到最近宅邸里发生的事件，行脚僧娓娓道来，如数家珍。总管大感惊讶，吓得连嘴都合不拢。

“怎么样啊？有印象了吗？”

行脚僧脸上泛起了一丝窃笑，一边滚动着掌心里的那团烟灰。接着他又在烟管里填上新的烟草，吸气点燃。

“我说的一点都没错，对吧？还是有哪里不对？”

“完全正确。”

总管竟连自己的香烟熄了都没发现。

“正确吧？当然正确啰！毕竟我每天都在宅邸里盯着看啊！”

总管撇着头，打算仔细想想这个行脚僧究竟是谁。

“知道我是谁吗？”

行脚僧继续嘲讽地说。

“我不知道。你究竟是谁？”

“我是穷神啦！”

“啊？”

“我是从三代之前就待在○○府邸的穷神啊！”

“啊？”

“因为有我在，府邸里才会有人生病，才会积欠债务，才会过了这么久的苦日子。不过呢，这些霉运已经到了尽头，我要转往别处去了，从此之后，你家老爷的运势就会拨云见日，债务也会还清。”

两人谈着谈着，没想到竟已通过了草加驿站。总管觉得自己简直如堕五里雾中，完全没察觉到驿站已过。

“所以啊，你的担忧也会跟着烟消云散。”

总管听了这句话，只觉得自己原本背在肩头上的重担，似乎突然放了下来。

“那您打算迁到哪里去呢？”

“我要去哪里吗？我下一个要去的，是你们隔壁的○○宅邸。”

“啊？”

“在搬去那里之前刚好有一点空档，就跑来找住在越谷[①]的朋友玩玩，明天就会搬走啦！”

总管心中浮现了他说的那一户人家。

“如果你觉得我在胡说八道，那你就仔细看着吧！明天起，那户人家就会有人生病，积欠债务，就像你家的老爷一样。”

“啊？”

“不过，这件事你可千万不能说漏嘴喔！”

“好的。”

---

① 位于今日埼玉县的越谷市，是自江户出发后，在奥州、日光街道上会经过的第三个驿站。译者注。

“那我告辞啰！”

等总管再回过神来时，那个诡异的行脚僧早已不见踪影。这时总管已来到了越谷。

总管依原定计划前往领地。他原本担心过去已多次向领地民众强索钱财，这次恐怕无法如愿，孰料这一趟收到的金额，竟超过了他的预期。再加上穷神说的那一番话，他满心愉悦地返回府邸。

图书在版编目（CIP）数据

田中怪谈：乡野山间的妖怪故事/(日)田中贡太郎著；张嘉芬译.
—北京：中译出版社，2022.4

（和风录）

ISBN 978-7-5001-7026-6

I. ①田… II. ①田… ②张… III. ①短篇小说－小说集－日本－现代 IV. ①I313.45

中国版本图书馆CIP数据核字（2022）第046376号

出版发行：中译出版社
地　　址：北京市西城区新街口外大街28号普天德胜大厦主楼4层
电　　话：（010）68359827，68359303（发行部）；68359725（编辑部）
传　　真：（010）68357870　邮　　编：100088
电子邮箱：book@ctph.com.cn　网　　址：http://www.ctph.com.cn

出 版 人：乔卫兵　总 策 划：刘永淳
策划编辑：范祥镇　责任编辑：范祥镇　王诗同
营销编辑：吴雪峰　杨佳特　版权支持：马燕琦　王立萌　王少甫
封面设计：黄　浩

排　　版：中文天地　印　　刷：北京中科印刷有限公司
经　　销：新华书店

规　　格：787mm×1092mm　1/32
字　　数：91千字　印　　张：6.75
版　　次：2022年4月第1版　印　　次：2022年4月第1次

ISBN 978-7-5001-7026-6　定　　价：49.00元